Detlev Zander

AF145750

Und

Gott

schaut weg

Die Geschichte des Dieter Z.
Ein Kind in der Hölle

Titelbild:

Copyright: Kostas Koufogiorgos

Informationen zum Thema unter

www.heimopfer-korntal.de

www.opferhilfe-korntal.de

Copyright by Detlev Zander 2015

Impressum:

Herstellung und Verlag:

BoD – Books on Demand, Norderstedt

ISBN 978-3-7347-8068-4

Gewidmet

meinen Kindern

meinem Freund und Lebensretter
Gerald Kammerl

Dieser Roman

schildert die Geschichte eines Heimkindes
in den sechziger und siebziger Jahren
des letzten Jahrhunderts in Deutschlands.

An fiktiven Orten und mit fiktiven Personen
wird dem Leser erzählt, wie dieses Kind
eine evangelische Heimerziehung erlebt hat.

Oben wurde gebetet, in den Kellern wurde
gefoltert. Den Kindern wurden moralische
Grundregeln eingeprügelt, während viele
der Verantwortlichen sich ein System der
Bereicherung bis hin zum Kinderhandel
geschaffen hatten.

Ein erschütterndes Buch, das den vielen
noch lebenden Opfern dieses Systems
Mut machen soll, auch ihre eigene
Vergangenheit zu erzählen, die Scham
zu überwinden, an die Öffentlichkeit zu
gehen und die Namen der Täter zu nennen.

> Luther hatte es verstanden, als er dem
> Teufel das Tintenfass an den Kopf geworfen.
> Nur vor Tinte fürchtet sich der Teufel,
> damit allein verjagt man ihn.
>
> *Carl Ludwig Börne*

Dieter Z.

Heute habe ich Nachtdienst. Vor einigen Minuten erst habe ich mit der Kollegin das Übergabeprotokoll gefertigt. Sie war richtig froh, endlich Feierabend zu haben und hat mir eine gute Nacht gewünscht.

Der Nachtdienst ist bei vielen Kollegen sehr unbeliebt, besonders bei denen, die eine Familie und noch kleine Kinder haben. Ich hingegen freue mich eigentlich immer auf diese Woche. Bei Nacht herrscht hier im Krankenhaus eine ganz andere Atmosphäre. Die Hektik des Tages verschwindet, von Notfällen einmal abgesehen. Die meisten Patienten schlafen, meist erhalten sie sowieso ein wenig Schlafmittel. So kann ich mich um die wenigen kümmern, die eben erst eine schwere Operation hinter sich haben und auf Hilfe angewiesen sind.

Heute ist es besonders ruhig. Meine Station ist nur zur Hälfte belegt, was eigentlich sehr ungewöhnlich ist. Die Chancen stehen gut, heute eine ruhige Nacht zu erleben, ich habe mir sogar ein Buch mitgebracht, einen kleinen Krimi, um mich wach zu halten, falls mich mal längere Zeit niemand ruft.

So mache ich meine erste Runde, begrüße die Patienten, die seit meinem letzten Dienst neu gekommen sind und stelle mich vor. Der Patient in Zimmer 3 ist nervös und noch etwas verwirrt von der heutigen Narkose, aber nach ein paar freundlichen Worten beschließt auch er zu schlafen. So gehe ich ins Dienstzimmer und mache mich zuerst über den Papierkram her, der Krimi muss noch warten.

Nach einiger Zeit mache ich die zweite Runde, alles ist ruhig und friedlich. Da meldet sich mein Piepser. Ich sause schnell ins Dienstzimmer und nehme den Hörer. „Ich weiß, Sie haben schon die Nachtschicht, aber ich muss Ihnen noch einen schicken. Hier unten auf Intensiv ist es eng und bei Ihnen müssten noch jede Menge Betten frei sein. Der Mann ist auch soweit über den Berg."

Ich bin begeistert über so viel Information. „Um was geht es genau? Was für ein Fall?" „Nur ein Suizidversuch, hat sich 'ne Nadel gesetzt, aber sie haben ihn rechtzeitig gefunden." Beruhigt lege ich den Hörer auf und gehe ins Zimmer 4. Das steht ganz leer und ich werde den Neuen dort unterbringen, dann werden die anderen Patienten nicht gestört. Kaum bin ich wieder auf dem Flur, kommen sie schon um die Ecke.

Im Bett liegt ein Mann mittleren Alters, oben baumelt die Infusion. Ich dirigiere die Pfleger ins Zimmer, bekomme die Akte in die Hand gedrückt und schaue mir den Mann an. „Ist ja nochmal gut gegangen", lächle ich ihn an. „Wollen Sie was trinken?" Er nickt und ich hole alles, was unsere nächtliche Gastronomie so zu bieten hat. Er entscheidet sich für den Pfefferminztee.

„Wie geht es Ihnen jetzt?" frage ich ihn, während ich seine Hand nehme, um den Puls zu fühlen. Er zuckt mit den Schultern und sagt wieder nichts. „Besonders gesprächig sind Sie ja nicht!" Ich will wenigstens ein kurzes Gespräch mit ihm führen, um einschätzen zu können, wie sehr ich auf ihn aufpassen muss heute Nacht. Schließlich habe ich schon die verrücktesten Dinge erlebt mit Menschen, die eben einen Selbstmordversuch hinter sich haben.

Einerseits habe ich Verständnis für Menschen, denen ihre Lebenssituation so ausweglos erscheint, dass sie den Freitod wählen. Andererseits habe ich Patienten, die mit dem Tode ringen und nichts anderes wollen, als ihr Leben zu behalten. Ich nehme die Akte in die Hand: Dieter Z. steht da, Beruf Krankenpfleger. Also ein Kollege. Jetzt erst verstehe ich das vorige Telefongespräch. Ich habe zunächst einen Junkie erwartet.

„Dann sind Sie ja vom Fach", nehme ich das Gespräch wieder auf. „wie haben Sie's denn angestellt, Herr Kollege?" Jetzt habe ich ihm sogar ein Grinsen entlockt und er beginnt zu reden, erzählt mir in allen Einzelheiten, was sich in den letzten Stunden ereignet hat. Jetzt hört er gar nicht mehr auf zu reden. Ich muss wohl einen vertrauenserweckenden Eindruck auf ihn machen, denn irgendwann sind wir soweit, über den Grund seines Selbstmordversuchs zu sprechen.

Ich habe mir längst einen Stuhl geholt und das ist auch gut so, denn was ich jetzt zu hören bekomme, hätte mich sonst umgehauen. Ich habe schon viele Dinge erlebt, aber so etwas habe ich noch nicht gehört. Der Mensch vor mir im Bett hat schreckliche Dinge erlebt und es ist schon sein dritter Suizidversuch. „Wollen Sie das alles überhaupt hören?" fragt mich mein Gegenüber. „Solange kein anderer Patient sich meldet, höre ich Ihnen gerne zu."

Den Krimi habe ich längst vergessen. Was ich jetzt zu hören bekomme, steht einer Kriminalgeschichte in nichts nach. Und der Mann im Bett redet und redet, man möchte meinen, in der Infusion ist ein Aufputschmittel. Und weil es heute so ruhig ist auf meiner Station, habe ich alle Zeit der Welt, ihm zuzuhören. Er beginnt irgendwo mitten in seiner Lebensgeschichte, doch immer mehr formt sich vor meinen Augen ein Gesamtbild.

Seit dieser Nacht ist alles anders. Ich hätte nie geglaubt, dass sich solche Dinge in der zweiten Hälfte des vergangenen Jahrhunderts, in unserer heilen Nachkriegswelt tatsächlich ereignet haben. Doch diese heile Welt hat es nie gegeben.

Dies ist die Geschichte des Dieter Z.

1
Ella Frings

Ella Frings hat den Prügel schon bereitgelegt. Prügeln ist ihre Leidenschaft und nicht umsonst hat sie diesen Beruf erwählt. Dass sie diese wunderbare Anstellung gefunden hat, ist ein großes Glück. Bei ihrem vorigen Arbeitgeber ist ihr nahegelegt worden, doch mit den ihr anvertrauten Kindern etwas behutsamer und liebevoller umzugehen. Aber was verstehen diese Leute schon von Erziehung. Nichts, gar nichts!

Frau Frings ist nicht sehr groß, aber kräftig und hat ein großes Gesicht mit auffallend harten Zügen. „Wie dieser anstrengende Beruf mich doch prägt", denkt sie jedes Mal beim morgendlichen Blick in den Spiegel.

Jetzt schaut sie auf die Uhr: „wo bleibt dieser Lümmel nur? So kann das nicht weitergehen! Was glaubt der eigentlich? Will sich einen schönen Abend machen und das außerhalb des Heims. Aber nicht mit ihr. Diese Kinder gehören ihr und sie gehören ins Heim. Und zwar in dieses Heim!"

„Gehen Sie doch zur Kirche!", hat man ihr damals geraten. Natürlich nicht offiziell, man hat es ihr zugeflüstert. „In einem kirchlichen Heim wird nicht nachgeschaut, ob ein Kind mal blaue Flecken hat. Niemand schaut dort nach, gar niemand. Besonders nicht bei den ganz Strengen, da herrscht noch Zucht und Ordnung! Da zählen nur die eigenen Regeln."

An der Tür ist ein Geräusch zu hören. Dieter kommt zurück von der Chorstunde. Wie hat er es nur geschafft, dort hinzukommen. Aber Ella Frings hat eben nicht aufgepasst, einfach nicht bemerkt, dass der Junge sonntags immer neben der Orgel sitzt. Mit dem Organisten hat er sich angefreundet und ihm erzählt, dass er von der Kirchenmusik so begeistert ist. Was für eine Lüge! Ein Kind aus diesen Verhältnissen kann doch gar nicht wissen, was Kirchenmusik überhaupt ist. Es ist Musik für anständige Leute. Genug schon, dass die Kinder sonntags die Orgel hören dürfen, aber jetzt auch noch im Kirchenchor singen? Austreiben muss man dem Burschen diesen Gedanken, ein für alle Mal.

Ein strahlendes Gesicht ist im Türspalt zu sehen. So glücklich ist Dieter selten gewesen. Der freundliche Organist hat bei der Heimleitung durchgesetzt, dass Dieter die Chorstunde besuchen darf, immer dienstags im kleinen Betsaal. Erhard Hausmann ist ein sehr engagierter Musiker und obwohl die Gemeinde nicht sehr groß ist, hat die Kirchenmusik ein erstaunlich hohes Niveau erreicht.

Eine schöne Motette haben sie geübt heute Abend, der Text ist aus dem Römerbrief: 'er hat uns auch erlöst aus der Knechtschaft', diesen Satz hat Dieter noch im Ohr, als er von Ella Frings in den Raum gezerrt wird. Ohne ein weiteres Wort packt sie ihn am Ohr, diesen Griff beherrscht sie perfekt und es tut besonders weh. Und schon saust der Stock auf den wimmernden Buben, wieder und wieder, dieses Mal noch länger und heftiger als sonst.

„Nie wieder wirst Du da hingehen", faucht Ella. Sie sagt es nicht laut, denn die anderen sind schon zu Bett. Aber ihr Ton lässt keinen Widerspruch zu. „In der Kirche wirst Du jetzt immer neben mir sitzen und Du wirst nie wieder ein Wort zu Herrn Hausmann sagen." „Aber …" wagt Dieter zu sagen. „Kein Aber! Ich werde das schon regeln mit Herrn Hausmann und ihm sagen, dass es Dir nicht gefällt im Chor. Und wehe, Du hältst Dich nicht daran, dann wirst Du Dein blaues Wunder erleben. Und jetzt mach', dass Du ins Bett kommst!"

Befriedigt legt Ella Frings den Prügel zurück auf die Kommode, an seinen angestammten Platz, neben den Lederriemen und den Klopfer, immer griffbereit.

2
Walter Spitzer

Herr Spitzer kommt daher wie ein Soldat. Meist trägt er Reitstiefel, dazu eine flotte Mütze, Reithosen und eine fesche Jacke, man hätte ihn gleich bei der Kavallerie unterbringen können.

Aus dem Kuhstall sind sonderbare Geräusche zu hören. Die Kinder rennen los und wollen schon die Tür öffnen, da bleiben sie erstarrt stehen. Das ist doch unverkennbar die Stimme von Herrn Spitzer. Und eine andere Stimme ist auch zu hören. Doch freundlich ist diese Unterhaltung nicht. Sonja gibt den anderen ein Zeichen und sie huschen um die Ecke. Dort gibt es einige Löcher in den Brettern und man kann in den Stall schauen.

Jeder sucht sich seinen Beobachtungsposten und es gibt wahrhaftig einiges zu sehen. Die andere Stimme gehört Herrn Hartmann und eben, als die Kinder ihre Posten beziehen, packt Herr Hartmann seinen Chef am Kragen. „Dann regeln wir das jetzt mal so", zischt er ihn an. „Was glaubst Du eigentlich, wer Du bist? Mich lässt Du den Stall ausmisten und derweil gehst Du meiner Frau an die Wäsche!" Wütend stößt er Herrn Spitzer an einen Holzpfosten.

Und dann geht es richtig los. Herrn Hartmanns Fäuste wirbeln nur so durch die Luft. Er ist groß, breitschultrig und viel kräftiger als Herr Spitzer, der sich gar nicht richtig wehrt, sondern nur versucht, den Fausthieben auszuweichen. Mit großen Augen starren die Kinder durch die kleinen Astlöcher, keines macht einen Mucks. Zuletzt landet eine der Fäuste auf Herrn Spitzers rechtem Auge. Der Getroffene stöhnt auf und Herr Hartmann hält inne: „Wenn ich Dich noch einmal erwische, dann schlage ich Dich krankenhausreif und zerre Dich an den Haaren in die Kirche. Dann kannst Du dort eine kleine Predigt halten über das christliche Eheleben."

Herr Spitzer grinst etwas schief: „Die wissen doch alle schon, dass ich Dir Hörner aufgesetzt habe, aber Du weißt ja, es wird niemals etwas nach draußen kommen." Das hätte er nicht sagen dürfen, denn jetzt ist das andere Auge an der Reihe. Die Kinder verlassen ihren Beobachtungsposten und rennen so schnell sie können zurück ins Haus. Würden sie erwischt, dann erginge es ihnen nicht besser als Herrn Spitzer. Und würden sie jemandem erzählen, was sie eben gesehen haben, so stünde üblicherweise das Kellerverlies auf dem Programm, und das mindestens für eine Nacht im dunklen Wäschekorb.

Am nächsten Morgen wird im ganzen Heim erzählt, wie krank der arme Herr Spitzer ist. Er ist ganz unglücklich vom Pferd gefallen, direkt auf beide Augen, und alle müssen ihn bedauern und ihm gute Besserung wünschen.

Pferde sind ganz offensichtlich noch schwerer im Zaume zu halten als Kinder.

Dabei sind Pferde Herrn Spitzers Leidenschaft. Eigentlich übt er seine Tätigkeit als Heimleiter nur symbolisch aus, den ganzen Tag ist er bei den Pferden, außer er besucht die junge hübsche Frau Hartmann. Diese beiden Tätigkeiten beherrscht er am besten, denn eine pädagogische Ausbildung hat er nie genossen.

Wenn er nicht bei den Pferden ist, sitzt er in seinem Büro. Dort geht er seiner pädagogischen Tätigkeit nach, die darin besteht, sich jeden Tag ein oder mehrere ungezogene Kinder einzubestellen und sie angemessen zu verprügeln. Zu diesem Zweck benutzt er einen Rohrstock, von denen er mehrere besitzt, weil dauernd einer zerbricht.

Auch Atteste und Beurteilungen muss er verfassen. Ist ein Kind unehelich geboren, wird es von Herrn Spitzer in jedem Falle als 'sittlich belastet und gefährdet' eingestuft.

Ach ja, nicht zu vergessen ist die überhaupt wichtigste Tätigkeit des Herrn Spitzer: die Entgegennahme von Spenden. Am liebsten nimmt er Bargeld ohne Quittung, zur Not auch Sachspenden. Es wird viel gespendet für die armen Kinder. Meist aber kommt Herr Spitzer nach einigem Nachdenken zu dem Schluss, dass die Kinder das Geld ja gar nicht benötigen und sie Sachspenden wie

Fahrräder, Kleider oder Kassettenrekorder doch nur kaputt machen würden.

Jetzt beginnt seine eigentliche Tätigkeit: mit dem Geld kann er sich Häuser bauen, die Sachspenden verschwinden in einem großen Keller oder werden anderweitig privatisiert. Man kann sich gar nicht vorstellen, wie anstrengend die Tätigkeit eines Heimleiters in Wirklichkeit ist.

Und von der Vorbildfunktion, die Herr Spitzer für seine Zöglinge hat, wollen wir gar nicht reden.

3
Walter Füller

Da Herr Spitzer meist bei den Pferden ist oder sich um die Spenden kümmern muss, bedarf es eines Stellvertreters. Und da schon der Chef nicht von hoher Intelligenz ist, hat man lange einen Menschen einfachen Geistes gesucht, der als Stellvertreter geeignet ist. Eigentlich hat Walter Füller das Handwerk des Bäckers erlernt, was ihn in den Augen der Verantwortlichen unbedingt für eine pädagogische Aufgabe qualifiziert.

Als Verantwortliche sind uns die Fundisten bekannt, die schon seit vielen Jahren in Kronberg ein Kinderheim betreiben. Die Kinder kommen meist aus schwierigen familiären Verhältnissen, den Eltern ist das Sorgerecht entzogen und das zuständige Jugendamt überantwortet dann diese Kinder in die Hände der frommen Brüder.

In den Augen der Fundisten zählt eine öffentlich zur Schau getragene Frömmigkeit mehr als jede andere Qualifikation. Dessen ist sich auch Herr Füller bewusst. Alle Menschen, die etwas intelligenter sind als er und deshalb auch Fragen stellen, also fast alle, bezeichnet er gerne als Kommunisten. Wenn ihn die solcherart Geschmähten dann als Nazi beschimpfen, gibt er stets freudestrahlend zu Protokoll, dass er stolz ist auf diese Bezeichnung.

Denn auch dies hat schließlich Tradition in Kronberg, so wie auch anderswo im Lande: noch in den 70er Jahren des vorigen Jahrhunderts konnte man dort pensionierten Nazi-Verbrechern auf der Straße begegnen, die trotz vieler Untaten nun eine gut dotierte Beamtenrente verspeisten, denn sie waren nach Kriegsende sofort fromm und gütig geworden.

Walter Füller hingegen ist nur fromm, aber nicht gütig geworden. Er sieht aus, wie man sich einen Bäcker so vorstellt: kurz und dick und prall. Er schikaniert die Zivildienstleistenden, die dem Kinderheim zugeteilt sind, nach allen Regeln der Kunst. Familie Füller wohnt nicht im Heim, sondern einige Straßen weiter in Kronberg.

Dies hat durchaus Vorteile, denn Herr Füller ist bemüht, mehrere Berufe gleichzeitig auszuüben. Die pädagogische Ader will sich trotz seines wichtigen Amtes nicht finden lassen und so sucht und findet er andere Wege, sich um die Heimkinder zu 'kümmern'. Um die einen kümmert er sich tagsüber im Heim, den anderen Beruf übt er nachts zuhause aus. Er hat beste Kontakte zum einschlägigen Milieu in Hengstenberg und Umgebung. Man schätzt dort besonders seine Möglichkeiten, qualifizierten Nachwuchs ausbilden und bereit zu stellen. Zu diesem Zweck hat er sich in Kronberg eigens ein schönes Eigenheim errichtet. Er ist ein wirklich fleißiger und allseits erfolgreicher Mann.

4

Franz Zwergle

Franz Zwergle ist ein beindruckender Mann, eine stattliche Erscheinung, groß gewachsen, das völlige Gegenteil seines Namens und von weitem schon zu erkennen an den roten Haaren und der markanten Stirnglatze. Sein Gang ist unverkennbar, er hinkt etwas. Der vergangene Krieg hat auch bei Herrn Zwergle seine Spuren hinterlassen. Ein feindliches Projektil hat ihm die linke Hüfte durchschlagen und der hinkende Gang bleibt ihm nun für den Rest seines Lebens.

Wenn er denn zu Fuß geht. Denn meistens fährt er. Sein Fahrzeug ist noch beeindruckender als seine Erscheinung. Er fährt mit einem roten Porsche durch die weitläufigen Anlagen des Kinderheimes. Als Hausmeister hat er unendlich viel zu tun und benötigt deshalb ein solches Fortbewegungsmittel.

Selbst hier in Kronberg kennt jedes Kind die süddeutsche Autoschmiede, die Ferdinand Porsche gegründet hat. Solch ein Wagen ist der Traum eines jeden Mannes oder Kindes. Doch weit gefehlt, keinen dieser legendären Sportwagen steuert Franz Zwergle, sondern einen Traktor. Und wer es bis jetzt noch nicht gewusst hat, der hat es hiermit erfahren, dass dort im Süden nicht nur Sportwagen gebaut wurden zu jener Zeit, sondern auch solche Fahrzeuge.

Um auf seinem roten Porsche erkennbar zu bleiben, trägt Herr Zwergle eine blaue Arbeitshose, die sich deutlich vom Rot des Traktors abhebt. Und so, wie die Kinder rätseln, wie ein solch' hünenhafter Mann zu diesem kleinen Namen gekommen ist, so rätseln sie auch, ob Herr Zwergle noch eine zweite blaue Arbeitshose besitzt.

Eigentlich ist man sich einig im Kinderheim, dass er immer dieselbe Hose trägt. Schließlich duftet Herr Zwergle auch immer gleich, eine Mischung aus Schweiß, Maschinenöl, Apfelmost und Bier kommt jedem entgegen, der ihm begegnet.

Außer seinem Fahrzeug hat Herr Zwergle eine weitere Leidenschaft: seine Kinder. Gemeint sind damit eigentlich alle Kinder im Heim. Und die Kinder lieben Herrn Zwergle. Zumindest anfangs. Denn wenn der rote Porsche um die Ecke kommt, dann sitzt fast immer eines der Kinder bei Herrn Zwergle auf dem Kutschbock.

Nicht irgendwo auf dem Kutschbock, sondern immer auf dem Schoß von Herrn Zwergle. Einfach toll! Das auserwählte Kind darf natürlich das Lenkrad halten. Dann hat Herr Zwergle die Hände frei. Zuerst gleiten seine Hände in eine seiner Taschen und fördern Süßigkeiten zu Tage, ein seltener Luxus zu dieser Zeit. Am Lenkrad sitzen und

Süßigkeiten essen, was kann es Schöneres geben für ein Kind.

Aber da ist dann noch der Fahrpreis zu entrichten. Denn wenn Herrn Zwergles Taschen leer und die Hände immer noch frei sind, so bemächtigen sie sich nach und nach des Kindes auf seinem Schoß und gleiten zuletzt auch zwischen dessen Beine.

Herr Zwergle hat raue und ölige Hände. Sie fühlen sich dort ganz anders an als die Hände von Frau Frings. Ella Frings ist ja auch für die Sauberkeit und für die Bestrafungen zuständig. Besonders für die Strafen wählt sie gerne die empfindlichen Körperteile. Bei Herrn Zwergle ist das ganz anders, zuerst mehr zufällig, doch dann sehr entschieden und ausdauernd fasst er die Kinder dort an.

Schlimm wird es aber erst, wenn der rote Porsche in die große Garage fährt. Dort gibt es keine Zeugen, dann wird Herr Zwergle zudringlich, und der große Mann nutzt gnadenlos die Verwirrung und Hilflosigkeit seiner Opfer.

Man kann sich kaum vorstellen, wie oft in den vielen Jahren, nein, Jahrzehnten der rote Porsche durch das Gelände des Kronberger Kinderheims kurvt, wie oft er in die Garage fährt und wie lange es immer dauert, bis Herr Zwergle das kostbare Fahrzeug endlich abgestellt hat.

Und dies ist eine der größten Merkwürdigkeiten dieser Kronberger Geschichte: Von den vielen Erziehern, Lehrern und sonstigen Angestellten des Kronberger Kinderheimes scheint es keinen einzigen zu geben, dem es je aufgefallen ist, wie lange es dauert, bis Herr Zwergle mit seinem Fahrgast wieder aus der Garage auftaucht.

Niemand hat je gefragt, ob es zur Aufgabe eines Hausmeisters gehört, ständig Kinder auf dem Schoß zu haben.

Niemand hat je bemerkt, dass er täglich einige Kinder in den Fahrradkeller zerrt.

Niemand hat gesehen, was im Holzschuppen passiert, oder im Kuhstall.

Ist der Heizungskeller schon genannt?

Niemand hat jemals beanstandet, dass der Hausmeister die Kinder beim Duschen beaufsichtigt, die Reinlichkeit kontrolliert und meistens selbst Hand anlegt.

Wie kann es den Erziehern und Erzieherinnen entgangen sein, dass Herr Zwergle mehrmals in der Woche mit Kindern in der großen Wanne unten neben dem Wäscheraum badet? Zumindest diejenigen, die im Flur zusammen mit Herrn Füller vor dem Waschraum Wache stehen, um zu verhindern, dass Herr Zwergle bei seinem Badevergnügen überrascht wird, hätten doch Einiges zu erzählen.

Bringt Frau Frings selbst die Kinder dorthin?

Niemand weiß es, niemand hat jemals etwas bemerkt. Zumindest bekommt man diese Antwort, wenn man heute diejenigen fragt, die damals dort gearbeitet haben.

Manchmal bekommt man eine verräterische Antwort: „Ich kann mich nicht mehr genau erinnern", heißt es dann.

Nur die Kinder, sie können sich erinnern, ganz genau, an jede Einzelheit, an jeden Moment, bis heute, ihr ganzes Leben lang. Wird man ihnen glauben? Wird es jemanden geben, der sein Schweigen bricht, seine Erinnerung wieder findet? Vielleicht geschieht ja noch ein Wunder.

5

Jeremia Kunz

Diesen Mann kennt jeder in Kronberg. Kaum ein anderer hat ein so unverwechselbares Äußeres, und das in jeder Beziehung. Man hört ihn schon von weitem, denn er gehört zu den wenigen stolzen Autobesitzern in der Stadt. Keiner schneidet wie er die Kurven, wenn er durch die Kronberger Gassen rast und es bedarf täglich mehrerer Schutzengel, um seine halsbrecherischen Fahrten zu begleiten.

Verlässt er sein Fahrzeug, so kann man ihn riechen. Es wurden schon Wetten abgeschlossen, wie viele Meter gegen den Wind man ihn riechen kann. Jeremia wird nie von einem Wachhund gebissen. Bei seinem Anblick hätte ein Hund vielleicht gebellt. Da ein Hund aber besser riecht als sieht, verkriecht sich das sonst wachsame Getier schnell in die Hundehütte, wenn Jeremia Kunz auftaucht.

Ach ja, sein Aussehen! Das entspricht durchaus der Wahrnehmung durch die Nase, Kunz scheint in seinen Kleidungsstücken schon auf die Welt gekommen zu sein. Am Hemd ist der Kragen aufgerissen, die Hosenträger trägt er oben drüber, um die schlimmsten Flecken zu verdecken. Seine Riesenschuhe sind mit Paketschnüren zusammengebunden, denn die Schnürsenkel haben längst das Weite gesucht. Bemerkenswert sind die schwarzen und vor Schmutz starrenden Fingernägel, und der Kornberger Friseur wäre längst Hungers gestorben, hätte er nur solche Kunden.

Wer einmal Jeremias Haus betreten hat, der weiß, wovon die Rede ist. Eine Müllhalde ist ein durchaus lieblicher Ort gegenüber dem, was sich in Kunzens Haus so angesammelt hat. Dass hier niemals eine Reinigung stattfindet, die das Haus und auch sein Herr so dringend benötigten, versteht sich von selbst.

So verwundert es nicht, dass Herr Kunz alleinstehend ist. Gleichwohl wäre Jeremia eine interessante Partie für eine heiratswillige Dame, zumindest was sein beträchtliches Vermögen angeht. Unter normalen Umständen bleibt ein solcher Mitbürger ein gemiedener Außenseiter, aber Geld stinkt ja bekanntlich nicht, selbst wenn sein Besitzer dies tut.

Jeremia besitzt nicht nur ein Kraftfahrzeug, sondern auch eine größere Anzahl von Tonaufzeichnungsmaschinen, die zu dieser Zeit als fast unerschwinglich gelten. Mit Hilfe seiner technischen Ausrüstung macht er sich unentbehrlich, indem er die sonntäglichen Gottesdienste der Kronberger Fundisten säuberlich aufzeichnet und mittels dieser Tonträger die Alten und Kranken in Kronberg mit der sonntäglichen Predigt beglückt.

Damit diese Wohltat auch umgehend unter die Bedürftigen verteilt wird, steht Jeremias grünes Auto jeden

Sonntag gleich gegenüber der Kirche vor dem großen Einkaufsladen. Dorthin schleppt er gleich nach dem ‚Amen' des Pfarrers die auf seine Bänder gepresste Predigt und verstaut alles vorsichtig in seinem Gefährt, das im Inneren einem fahrenden Abfalleimer gleicht.

Und die Belohnung für sein sonntägliches Tun steht auch schon fest. Entspannt steht er da, an das grüne Auto gelehnt und wartet, bis Tante Ella mit ihren Schützlingen die Kirche verlässt. Schnellen Schrittes ist er drüben bei den Kindern angelangt und sucht sich sein Opfer aus.

„Darf der Dieter heute mitfahren?" fragt er Frau Frings mit einem Grinsen. „Wenn Du meinst", gibt sie in strengem Ton zurück, „aber zum Essen muss er wieder zuhause sein."

Ella Frings hat eigentlich kein gutes Gefühl bei der Sache, die Kinder kommen von diesen Ausflügen immer völlig verstört zurück. Andererseits bezahlt Jeremia gut, für was eigentlich, das will sie gar nicht wissen, aber sie muss ja auch sehen, wo sie bleibt. Ihr Verdienst reicht hinten und vorne nicht, um einmal den Traum vom eigenen Häuschen wahr werden zu lassen. Und wenn der arme Jeremia schon keine Frau finden will, so soll er wenigstens seine Freude an den Kindern haben.

Ella Frings achtet aber genau darauf, dass er nur Kinder mitnimmt, bei denen keine Gefahr besteht, dass irgendwer mal nachfragen könnte. „Aber zum Essen muss er wieder zu Hause sein", wiederholt sie, wohl wissend, dass diese Abmachung natürlich nicht eingehalten wird. Dann marschiert sie los mit ihrer verkleinerten Schar und Herr Kunz verlädt seine Beute auf den Beifahrersitz.

Das kann schon Spaß machen, so schnittig durch das sonntägliche Kronberg zu preschen, viele neidische Blicke hinter sich wissend. Doch auch hier ist, wie bei Herrn Zwergle, anschließend der Fahrpreis zu entrichten. Bezahlt wird im großen alten Haus an der Heinerichstraße, und wenn Herr Kunz ausgeschnauft hat, meint er immer, dem missbrauchten Kinde noch etwas Gutes tun zu müssen und serviert ihm eine undefinierbare Suppe. Auch diese muss noch ausgelöffelt werden.

„Jeremia, was treibst Du da?", ruft seine Mutter von oben, wenn er es gar zu arg treibt. Aber das schert ihn wenig. Seine Mutter ist blind, und er erzählt ihr immer schöne Geschichten von dem, was er alles zu erledigen hat.

Auch die braven Kirchgänger scheinen nie zu bemerken, dass da ein alter stinkender Mann sich immer gleich nach dem Gottesdienst sein Opfer abholt. Nun ja, er gehört schließlich zu den größten Wohltätern der Gemeinde und mit seinen Spenden ist schon manches Projekt gelungen. Was zählt da ein Kind.

6
Totentanz

Etwa vierzig Jahre später hat Pfarrer Josef Sturm einen schrecklichen Alptraum. Er steht des Nachts auf Kronbergs Marktplatz, kein Mensch ist dort zu sehen. Aber irgendetwas stört ihn, ist nicht in Ordnung.

Er geht zum Gebetssaal, alles ist still und friedlich. Doch dort, drüben im neuen Tempel, da schimmert ein Licht. Josef Sturm eilt auf die andere Seite des Platzes und öffnet die Tür.

Seltsame Geräusche sind zu hören, Geräusche wie aus einem Hallenbad. Das Becken! Sturm eilt in Richtung des neuen Taufbeckens, das erst vor kurzem eingeweiht wurde. Auf den ersten Blick sieht es aus wie ein kleiner Swimmingpool für ein Eigenheim, man kann dort die Täuflinge gänzlich untertauchen.

Sturm biegt um die Ecke und bleibt erstarrt stehen. Da plantschen Menschen in diesem Becken, zwei Männer und einige Kinder. Im Taufbecken! Die Badenden scheinen sein Erscheinen gar nicht zu bemerken, fröhlich vergnügen sich die Männer mit den Kindern.

„Sofort raus hier", schreit Sturm, „dies ist ein heiliger Ort! Raus! Sofort!"

Jetzt erst wird sein Kommen bemerkt und einer der Männer steigt die Stufen herauf.

„Wer sind Sie denn?" fragt er mit breitem Grinsen.

„Ich bin der Pfarrer hier, und wer sind Sie? Wie kommen Sie hier herein? Ich rufe die Polizei!"

„Langsam, langsam", sagt sein Gegenüber und steigt vollends aus dem Wasser. „Sie sind also der Neue? Dann werden Sie mich noch nicht kennen. Ich heiße Jeremia Kunz. Mein Freund hier ist der Franz Zwergle."

Josef Sturm wird leichenblass. Diese Namen kennt er. „Sie müssten doch längst tot sein", stammelt er, „wer sind Sie wirklich?"

„Wir sind nicht tot, zumindest ich nicht, wie Sie sehen."

„Das kann nicht sein!"

„Na hörn Sie mal, Sie haben mich hier doch verewigt! Dort hinten hängt die Tafel mit meinem Namen. Wer hat denn diesen Schuppen hier bezahlt?"

„Welchen Schuppen?"

„Euren neuen Tempel hier! Den habt ihr mit meinem Geld gebaut, Stein für Stein. Also gehört er eigentlich mir, zumindest ein beachtlicher Teil davon."

Vor Sturm scheint sich der ganze Raum zu drehen. „Und die Kinder?" Mehr bringt er nicht mehr heraus.

„Das sind die Heimkinder, denen der Franz", und dabei zeigte er auf den anderen Mann im Becken, „denen der Franz das Grab geschaufelt hat, weil sie unsere Spielchen nicht ertragen haben. Und jetzt lassen Sie uns in Ruhe."

Er steigt zurück ins Becken. Dann dreht er sich noch einmal um:

„Als wir damals mit den Kindern gebadet haben, hat es doch auch niemanden interessiert, was soll jetzt diese Aufregung? Finden Sie das etwa schlecht, was wir hier tun? Ich denke nicht, sonst hätten Sie den Haufen Geld, den ich wegen meines schlechten Gewissens der Gemeinde vererbt habe, für die Wiedergutmachung verwendet. Aber stattdessen haben Sie mir das hier gebaut." Blitzschnell greift er ins Wasser und schleudert eine Handvoll auf den Geistlichen.

Josef Sturm zuckt zusammen und wacht schweißgebadet auf. Er rennt ins Badezimmer und schüttet sich kaltes Wasser über den Kopf. Dieser Traum hat ihn völlig fertig gemacht. Wie gerädert wirft er sich etwas über, eilt hinüber zum Marktplatz und dann in den neuen Tempel. Den freundlichen Gruß einiger Leute auf dem Platz scheint er kaum zu bemerken.

In der Eingangshalle trifft er Frieder Gassner, der schon am frühen Morgen den neuen Tempel aufgesucht hat, schließlich hat er ihn ja erbaut, oder anders gesagt, während der Bauzeit ist er der Chef der Kronberger Fundisten gewesen. Gassner hat wie immer sein strahlendes, ein wenig gefrorenes Lächeln im Gesicht.

Nach einem flüchtigen Gruß fragt Josef Sturm ihn direkt: „Sagt Dir der Name Jeremia Kunz etwas?"

Gassners Lächeln ist verschwunden. „Wie kommst Du denn darauf, Josef?"

„Er hat sich mir persönlich vorgestellt."

„Rede doch keinen Unsinn, es gab jemanden dieses Namens, aber der lebt schon lange nicht mehr. Wie sollte er sich da bei Dir vorgestellt haben?"

Josef zögert einen Moment und beschließt dann, seinem Freund Frieder den Traum der letzten Nacht zu erzählen, in allen Einzelheiten. Frieder Gassner ist blass geworden, fasst sich aber schnell wieder.

„Weißt Du. lieber Josef, das sind alte Geschichten, die lassen wir am besten ruhen. Allerdings ist mir unerklärlich, wie Du in dieser Genauigkeit davon träumen kannst. Hast Du womöglich doch ein paar alte Akten in der Hand gehabt?" Sein verschmitztes Lächeln ist wieder da.

Josef geht auf diese Frage gar nicht ein, sondern meint: „Ich will eines noch wissen: steckt in diesem Haus das Geld von diesem Jeremia Kunz?"

Frieder Gassner nickt leicht und zuckt dabei auch etwas mit den Schultern.

„Und was haben Kunz und Zwergle mit Kindern aus unserem Heim zu tun?"

Gassner kratzt sich am Kopf und sagt: „Wir sollten das nicht hier besprechen."

Er zieht Sturm in den angrenzenden Besprechungsraum und sie setzen sich an das untere Ende des langen

Tisches. Eine ganze Weile spricht nur Frieder Gassner und schließt dann mit den Worten:

„Ich denke, das genügt für den Moment. Hast Du noch Fragen?"

Eine Weile herrscht Totenstille, dann sagt Sturm:

„Habt ihr nie daran gedacht, mit dem Erbe von Jeremia Kunz einen Entschädigungsfond für die Opfer einzurichten? Habt ihr nie Angst gehabt, auf diesem Haus könnte ein Fluch liegen?"

Gassners Miene wird hart und geschäftsmäßig:

„Lieber Josef", seine Stimme klingt fast gütig, „diese Menschen würden die Summe Geldes, die man ihnen geben könnte, eh nur versaufen. Schau Dir diese Leute doch mal an! Lauter gescheiterte Existenzen. Dagegen haben wir hier ein wunderbares Gebäude geschaffen mit vielerlei Begegnungsmöglichkeiten. So etwas ist viel wertvoller für alle Beteiligten. Zudem ist es Gottes Wille, diesen Menschen ihr Schicksal zu geben. Ohne dieses Schicksal wäre alles das nicht passiert, was ich Dir eben erzählt habe. Und ohne diese schlimmen Ereignisse hätte Jeremia Kunz keine Gewissensbisse bekommen und unserer Gemeinde sein Erbe vermacht. Es gibt Größeres in Gottes Plan als diese kleinen Leute."

Fast dankbar blickt Josef Sturm den Freund an. Keiner kann die Dinge besser erklären als Frieder Gassner, selbst die schlimmsten Dinge bekommen einen Sinn, wenn er darüber spricht.

Erleichtert geht Josef Sturm hinaus und beschließt, diesen sonderbaren Traum möglichst schnell zu vergessen. Ja, es gibt wahrlich Wichtigeres zu tun, als von verkrachten Existenzen zu träumen. Er ärgert sich beinahe, dass er überhaupt einen solchen Wirbel verursacht hat. Über eine Stunde kostbarer Zeit ist damit verplempert worden.

7
Kriegsrat

Einige Zeit später befinden wir uns in einem schmuck-losen Konferenzraum der Kronberger Fundisten. Um den langgestreckten Tisch mit Buchendekor stehen gepolster-te Stühle, an der Wand hängt ein Kreuz, auf einem Tisch in der Ecke liegen Bibeln und Gesangbücher.

Karl Gleichauf, ein groß gewachsener und freundlicher Mann, sitzt kreidebleich vor einem Schriftstück.

„Wieso habt Ihr das nicht verhindert?"

Aber er bekommt keine Antwort.

„Als ich die Gemeindeleitung übernommen habe, hieß es, alles sei im Griff, und jetzt das."

Wütend packt er das Bündel Papiere und wirft es in die Mitte des Tisches.

„Ich möchte Antworten hören, Erklärungen, Vorschläge! Ich habe Anweisung gegeben, den Mann abzufinden, ihm zu geben, was er will. Und jetzt das!" Er blickt auffordernd in die Runde.

Josef Sturm antwortet als erster. Schließlich ist er als Pfarrer in der Hierarchie auf Augenhöhe mit Herrn Gleich-auf. Sein schmales Gesicht scheint heute noch schmaler, die Augen noch weiter in den Höhlen.

„Ich habe als Letzter mit ihm telefoniert. Wir brauchen keinen Anwalt, habe ich ihm gesagt, wir machen das ganz gütlich unter uns aus. Er hat uns dann seine Bankverbindung geschickt. Aber jetzt will er noch mehr."

„Wie, mehr?" Herrn Gleichaufs Stimme wird schärfer. „Wie kann das sein? Wir haben ihm doch schon mehr geboten als den Anderen!"

Götz Martin Haarle kommt zu Hilfe:

„Es geht ihm nicht ums Geld. Er will in die Kommission. Er will alle Vorfälle aufarbeiten und veröffentlichen. Deshalb haben wir erst mal abgewartet, versucht, ihn hinzuhalten. Ich war so beschäftigt, dass ich nicht gleich anrufen konnte, als Josef" – er zeigt auf den Geistlichen – „als Josef mir sagte, jetzt sei ich dran mit der Kumpelnummer."

Einen Moment lang herrscht Stille. Haarle streicht sich nervös über den Kopf, der gar nicht seinem Namen entsprechend aussieht. Die fehlende Haarpracht und die eng stehenden Augen lassen seine Nase noch spitzer aussehen. Eigentlich steht er im Zentrum des Geschehens. Als Geschäftsführer ist er direkt mit all den schrecklichen Dingen befasst, die unerbittlich aus der Vergangenheit auftauchen.

„Ich bin mit den Nerven am Ende", meint Haarle, „eben, wenn ich den einen zum Schweigen gebracht habe, kommen schon der Nächste und der Übernächste. Was kann denn ich dafür, was da früher alles passiert ist? Hat denn keiner was bemerkt?"

Bei dieser Frage schaut er direkt auf Werner Recht, der ihm direkt gegenüber sitzt.

„Ihr seid doch alle vor Ort gewesen! Jahrelang! Jahrzehntelang! Hätte man das nicht abstellen können? Dass einer so was macht, ist schlimm genug. Aber dass alle dabei zuschauen?" Seine Stimme wird weinerlich.

Werner Recht hat bis jetzt geschwiegen. Der stämmige Mann hat noch all die Haare, die seinem Gegenüber längst fehlen. Er wirkt, wie immer, sehr überlegen und beherrscht, auch deshalb hat man ihm so viele Ämter anvertraut im Laufe der Jahre.

Er will schon das Wort ergreifen, da fragt ihn Gleichauf: „Wie lange bist Du denn schon dort, das muss doch eine Ewigkeit sein!"

„Fast vierzig Jahre schon", antwortet Werner Recht. Aber eigentlich will er gerade etwas Anderes sagen. Und das tut er jetzt auch. Er redet und redet, von den schwierigen Kindern aus den schlechten Familien, von der Belastung der Mitarbeiter im Kinderheim und in der Schule, von der Schwierigkeit, geeignete Mitarbeiter zu finden.

„Alles wird immer komplizierter! Ich brauche Fachleute, aber da sitzen Leute, die außer einer überdurchschnittlichen Frömmigkeit keine weiteren Qualitäten haben. Diese Leute sollen erziehungsschwierige Kinder erziehen und dabei haben sie selbst Probleme. Die sind wegen ihrer eigenen Probleme in der Gemeinde und jetzt habe ich sie samt den Kindern an der Backe."

„Naja, geschlossene Gesellschaft", grinst Herr Haarle, „aber so ist es doch bis heute. Mit wenigen Ausnahmen kommen alle Mitarbeiter immer aus den eigenen Reihen. Alle wollen es so, damit nichts nach Draußen kommt."

„Ihr redet mir alle zu viel", fährt Gleichauf dazwischen. „Ich will jetzt ganz schnell wissen, was wir tun können. Was haben wir in der Hand?"

Haarle hat schon Luft geholt: „Die Kumpelnummer kann ich vergessen, jetzt wäre die Unglaubwürdigkeit dran."

Gleichauf schaut fragend den Pfarrer an.

„Nachdem ja alles schon so lange her ist", antwortet dieser, „wird sich Herr Z. in Widersprüche verstricken. Da werden wir ihn stellen." Sturms Grinsen wirkt etwas verzerrt.

„Und mit der Vermutung, er sei ein Lügner und ihm gehe es nur ums Geld, werden wir dann an die Öffentlichkeit gehen", platzt Samuel Miesfeld ins Gespräch.

Er hat bis jetzt noch nichts gesagt, schließlich ist er der Jüngste aller Anwesenden und auch mehr ein ausführendes Organ. Er hat seit einiger Zeit die Stelle des Pressereferenten inne und für ihn sind die jüngsten Vorkommnisse besonders schmerzlich. Alles, was er mühsam aufgebaut hat im Bereich der Imagepflege, droht nun mit einem Schlag in diesem Sumpf zu versinken.

„Ich habe nachgeforscht", erklärt er stolz.

Gleichauf blickt ihn wohlwollend an. Endlich einer, der Ergebnisse vorweisen kann. Miesfeld öffnet bedeutungsschwer seine Mappe.

„Herr Z. behauptet allen Ernstes, er sei von seiner Gruppenleiterin Ella Frings fast täglich verprügelt worden."

„Von welcher Gruppe reden wir da?" will Gleichauf wissen.

„Die Gruppe heißt Blaumeisen", sekundiert Herr Recht. Gleichauf ist zusammengefahren. „Ihr seid doch von allen guten Geistern verlassen! Die Gruppe, in der geprügelt wurde, heißt auch noch Blaumeisen? Ein Irrenhaus! Samuel, mach' bitte weiter."

Miesfeld ist überglücklich, dass sein Eifer bemerkt wird. „Ich habe also herausgefunden", beginnt er, und seine kurzen Haare scheinen sich förmlich aufzustellen, „ich habe entdeckt, dass Herr Z. noch vor einigen Jahren seine angebliche Peinigerin zu seiner Hochzeit eingeladen hat. Da schau mal einer an: er wirft der Frau vor, ihn regelrecht gefoltert zu haben, und dann lädt er sie ein. Zu seiner Hochzeit. Zu seiner eigenen Hochzeit! Das muss man sich mal vorstellen."

„Ist ja gut, ist ja gut, Samuel", meint Gleichauf, „ich habe es längst verstanden. Aber sehr interessant! Können wir ihn da kriegen?"

„Ich weiß nicht", Herr Recht wiegt bedenklich den Kopf. „Jeder, der sich ein bisschen auskennt, weiß doch, dass ein Opfer versucht, selbst zu seinem schlimmsten Peiniger ein persönliches Verhältnis aufzubauen. Wenn man einen Menschen jahrelang fast zu Tode prügelt, wird er anschließend noch um Liebe betteln. Das hat die Frings hervorragend verstanden" . . ., Recht schnappt nach Luft, sofort wird ihm klar, was er da Ungeheuerliches sagt, „ich meine", und jetzt hat er den Faden wieder gefunden, „ich will sagen, bei Frau Frings und Herrn Z. könnte es sich um solch eine Konstellation handeln." Erleichtert lehnt er sich zurück.

Miesfeld fällt ihm fast ins Wort: „Mag ja sein, mag ja sein. Aber die Leute draußen wissen das nicht, und ich werde es ihnen auch nicht erklären. Zudem gibt es noch weitere Ungereimtheiten in den Anschuldigungen von Dieter Z. und ich werde dies alles zu einer entsprechenden Presseerklärung zusammenstellen. Der spinnt ja, will uns regelrecht erpressen und will hier mit am Tisch sitzen."

„Nein, das geht gar nicht", bekräftigt Pfarrer Sturm und denkt dabei an sein Gespräch mit Frieder Gassner. „Es kann nicht Gottes Wille sein, dass ein Mensch solcher

Herkunft mit uns auf Augenhöhe reden will. Schließlich wissen wir, was gut ist für die uns anvertrauten Seelen."

Josef Sturm bemerkt, dass Herr Gleichauf keine Predigt von ihm hören will und schlägt vor, jetzt ein gemeinsames Gebet zu sprechen.

„Lieber Herr", und dabei faltet er die Hände auf dem Tisch, „wir bitten Dich, beschütze unsere Gemeinde und behüte uns vor falschen Beschuldigungen."

Während Herr Sturm noch betet, beschließt er schon, diesen Dieter Z. anzurufen und ihm mal so gründlich die Meinung zu sagen. Jetzt ist Schluss mit Lustig. „Amen!"

8

Ankunft

Wir wissen nicht genau, wann es gewesen ist, damals, vor fast einem halben Jahrhundert. Sagen wir einfach: Anfang April. Da kommt ein kleines altes Auto auf den Hof des Kinderheims gerollt. Oder kommen sie zu Fuß? Der Bahnhof ist ja nicht weit und wer hätte schon eine Autofahrt bezahlt für ein kleines Kind.

Also sie kommen zu Fuß, direkt vom Kronberger Bahnhof. Die Frau trägt das Köfferchen, das Kind trägt den Teddybären. Die Frau hat nicht viel Zeit, das Kind muss große Schritte machen. Und es hat Tränen in den Augen. Aber was soll so ein Kind auch sagen oder tun, wenn es von einem Bahnhof zu einem Kinderheim geführt wird, mehr gezogen als gegangen.

Aber der Teddybär ist ja dabei. Er durfte mitkommen auf diese lange Reise vom Süden in den Norden. Von einem großen Haus in ein anderes. Ein dreijähriges Kind ist schließlich schon viel zu groß, um weiterhin in einem Heim für Säuglinge und Kleinkinder zu bleiben. Also muss es verlegt werden. Wie eine Sache. Von hier nach dort. Schließlich will man ja sein Bestes.

Vom Kronberger Bahnhof zum Kronberger Kinderheim sind keine zehn Minuten zu gehen. Für ein dreijähriges Kind aber ist es eine lange Reise, von einer Welt in eine andere. Die Frau hat den Koffer abgestellt, sie sind angekommen. Das Kind sitzt auf dem Koffer, wir können uns vorstellen, wie klein ein Koffer ist, auf dem ein dreijähriges Kind sitzen kann.

„Hier bleibst Du sitzen, bis ich wiederkomme", sagt die Frau noch, bevor sie durch die Tür verschwindet. Man kann nicht um die Ecke sehen, aber man hört die Stimmen.

„Wie alt ist er? Irgendwelche Auffälligkeiten? Papiere? Wo tun wir in hin? Hol' die Ella!"

Das Kind versteht nichts von alledem, es drückt den Teddy fest an sich, streichelt ihm die Nase.

„Du!" sagt der kleine Dieter zu seinem Teddy, einfach nur „Du!" Der Teddy versteht ihn schließlich, er ist der einzige, der ihn wirklich versteht. Alles kann er ihm erzählen, einfach alles. Wenn Dieter weint, saugt der Teddy die Tränen weg, wenn Dieter lacht, muss der Teddy auch lachen.

„Aufstehen! Steh' auf!" sagt eine fremde Stimme. Aber Dieter ist einfach zu müde, um aufzustehen.

„Aber ich muss mich doch noch verabschieden", sagt die Frau, die das Kind gebracht hat.

„Dann aber schnell, ich habe nicht viel Zeit", sagt die fremde Stimme und verschwindet wieder hinter der Türe. Dieter wird hochgehoben und in den Arm genommen. Die Frau drückt ihn an sich. Ihr ist kalt, eiskalt. Die Kälte kommt von den Menschen, denen sie das Kind bringen muss, sie hat ein fürchterlich schlechtes Gefühl, dort in der Magengrube.

„Du wirst es schön haben hier", und ihr kommen die Tränen bei dem Gedanken, dass sie etwas anderes sagt, als sie empfindet.

„Ich wünsche Dir alles Gute und pass' schön auf Deinen Teddy auf, dann passt er auch auf Dich auf".

Sie hält es nicht länger aus, sie will dem Kind ihre Tränen nicht zeigen, sie stürmt hinaus, rennt schluchzend zum Bahnhof.

Jetzt ist Dieter alleine mit der fremden Stimme. Sie gehört zu einer Frau, die ganz anders aussieht als die, die den kleinen Dieter eben noch auf dem Arm hatte.

„Du gehörst jetzt zu den Blaumeisen", sagt die fremde Frau. Sie packt das Kind und den Koffer und schleppt beides hinaus und über den Hof und ein paar Treppen hoch und durch eine Tür und noch ein paar Treppen hoch.

„Ab jetzt ins Bett!" Sie hat noch kein einziges freundliches Wort gesagt, aber das macht sie immer so mit den Neuen. Zucht und Ordnung von Anfang an und keine Diskussionen. Im Koffer findet sie den Schlafanzug und, obwohl es erst früh am Nachmittag ist, steckt sie das Kind in das Bett, das noch frei ist.

„Mein Teddy!" flüstert Dieter. Frau Frings dreht sich noch einmal um und wirft den Teddy ins Bett.

„Jetzt aber Schluss und die Augen zu", sagt sie noch, dann ist die Türe zu.

„Du!" sagt Dieter noch und schläft weinend ein.

9
Schöne neue Welt

Dieter hat Angst, sich zu verirren, so groß ist der Hof vor dem Haus. Dann gibt es noch den großen Garten. Da hinten müssen die Pferde sein, von denen ihm die anderen Kinder erzählt haben.

Hinter dem Zaun hört man seltsame Geräusche. Wenn man sich bückt und durch das Loch im Zaun blickt, sieht man lauter große Männer, die ein Fenster nach dem anderen zusammenbauen.

„Wieso braucht man in dem Haus hinter dem Zaun so viele Fenster?" denkt der kleine Dieter, aber wahrscheinlich fehlen auf der Rückseite noch einige.

Über den Hof rattert immer wieder ein Auto, ein kleiner Bus. Die Seitentür ist nicht mehr da. So kann man immer sehen, was drin ist. Und weil ständig etwas eingeladen oder ausgeladen wird, braucht niemand mehr die Tür zu öffnen oder zu schließen, eigentlich ist dies sehr praktisch.

Was noch niemand so richtig bemerkt hat: Dieter kann nicht gut sehen. Später wird er eine Brille bekommen, so eine schwarze mit dicken Rändern. Aber jetzt hat er noch keine Brille und stolpert oft über die Dinge, die er nicht richtig sehen kann.

„Das werde ich Dir aber abgewöhnen", schimpft Tante Ella und beschließt, das Kind jedes Mal, wenn es stolpert oder hinfällt, zu verprügeln. Diese Methode, die ganz ohne Arzt und Optiker auskommt, scheint ihr die geeignete, um so ein schusseliges Kind fürs Leben zu ertüchtigen, schließlich haben Schläge schon immer geholfen, die Erinnerung aufzufrischen.

Der Kleine wird aber noch ängstlicher und zieht sich immer mehr zurück. Während die anderen Kinder herumrennen, sitzt Dieter in einer Ecke und schaut zu. So fühlt er sich sicher, wenigstens für kurze Zeit nicht geschlagen zu werden. Gut, ganz sicher kann man nie sein, denn Tante Ella erfindet ständig neue Gründe, um ihre Schutzbefohlenen zu verprügeln. Aber in der Ecke sitzen und alles beobachten, das ist nicht das Schlechteste in der neuen Umgebung.

Und es gibt so Vieles zu sehen. Tante Ella hat viele Freunde, die sie oft besuchen. Ganz verschiedene Männer kommen zu Tante Ella.

Der eine hat immer große Stiefel an und sieht aus wie ein Soldat. Er spricht auch wie ein Soldat. Er singt auch wie ein Soldat. Ja richtig, es ist derselbe Mann, der vorigen Sonntag, da waren sie zum ersten Mal in der Kirche, so laut gesungen hat. Dieter konnte gar nicht richtig aufpassen, er musste immer zu diesem Mann hinschauen, der so laut singen kann, dass man Angst haben muss, die

Fensterscheiben fallen heraus. Vielleicht werden deshalb nebenan immer neue Fenster gebaut, denkt sich der Kleine.

Und dann kommt noch ein anderer Mann zu Besuch. Aber der sieht ganz anders aus. Er riecht nach Öl und hat eine blaue Hose. Eine ganz besondere Hose. Eine Zauberhose! In jeder Tasche, ganz gleich, in welche ihr Besitzer hineingreift, befinden sich Süßigkeiten. Dieter beschließt, eine solche Hose zu kaufen, wenn er mal groß ist. Einfach großartig, er hat bisher noch gar nicht gewusst, dass es solche fabelhafte Hosen überhaupt gibt.

Der Mann, der in der Hose steckt, ist riesengroß und hat meist einen Schraubenzieher in der Hand.

„Ich muss etwas reparieren", sagt er immer, wenn er Tante Ella und die Kinder besuchen kommt. Und dabei lacht er über das ganze Gesicht und ist viel freundlicher als der Soldat.

Die beiden Männer haben auch jeder eine eigene Türe im Haus von Tante Ella. Der Soldat geht immer durch die untere Türe, der Süßigkeitenmann durch die obere. Der Soldat kommt eher bei Nacht, der andere Mann immer am Tag. Und sie kommen nie zugleich, wie wenn sie sich abgesprochen hätten. Wobei es schon komisch ist, dass der Soldat mit der Nacht zufrieden ist. Da schläft Tante Ella doch, da macht es doch gar keinen Sinn, sie zu besuchen. Aber darüber denkt Dieter nicht weiter nach.

Denn eben kommt wieder der Süßigkeitenmann. Nicht zu Fuß, wie man sich denken könnte, nein, er kommt auf einem großen roten Traktor um die Ecke gefahren.

„Ist das der Neue?" fragt er Tante Ella und zeigt auf Dieter.

„Na, komm' mal mit, mein Kleiner, wir wollen mal schauen, was es heute zu reparieren gibt".

Er nimmt ihn bei der Hand und sie gehen durch die obere Türe auf die Gruppe. So sagt Tante Ella immer. Sie sagt nie, wir gehen ins Haus, sie sagt immer, wir gehen auf die Gruppe. An der Tür hängt ein Schild mit einem Vogel. Er heißt genauso, wie die Kinder hinter der Türe heißen: die Blaumeisen.

Dieter ist ganz gespannt, was es heute zu reparieren gibt. Doch der nette Mann legt erst einmal den Schraubenzieher auf den Tisch, setzt sich hin und nimmt Dieter auf den Schoß. Dann redet er von lauter Dingen, die das Kind nicht versteht. Aber Tante Ella versteht alles. Sie sitzt auf der anderen Seite des Tisches und ist plötzlich sehr freundlich, viel freundlicher als sonst.

‚Der Mann sollte viel öfter kommen', denkt Dieter, besonders, nachdem die riesige Hand von Herrn Zwergle in der blauen Hose verschwindet und mit etwas Süßem wieder herauskommt.

Normalerweise schimpft Tante Ella, wenn die Kinder naschen. Aber jetzt scheint sie es gar nicht zu sehen, wie der Franz – Tante Ella darf Franz zu ihm sagen – wie der Franz seinem Schoßkind etwas Süßes in den Mund schiebt. Vielleicht ist ja auch seine Hand so groß, dass Tante Ella nicht sehen kann, was hinter der Hand passiert.

Ja richtig, Tante Ella schaut dem Franz immer nur ins Gesicht und lacht über die lustigen Sachen, die er erzählt. Und sie sieht überhaupt nicht, was seine großen Hände machen.

Vielleicht will sie es auch nicht sehen, weil die Hände so sehr nach Öl riechen. Aber das Öl scheint diese Hände geschmeidig zu machen, sie streicheln dem Kind den Kopf, sie tätscheln seinen Rücken und sie erkunden alles, was man da so finden kann. Besonders lange suchen sie zwischen den Beinen des Kindes, da, wo Tante Ella immer zieht und bürstet. Doch der Mann macht das viel sanfter und es ist ein ganz komisches Gefühl.

„Was ist nun mit dem?" fragt Franz ganz plötzlich.

„Wie immer", sagt Tante Ella nur und lächelt Herrn Zwergle an, „wie immer!"

Im Hinausgehen greift Herr Zwergle in die oberste Tasche seiner Wunderhose und gibt Tante Ella ein Stück buntes Papier.

‚Das also ist Reparieren', denkt der Kleine bei sich. Aber Tante Ella hat sich schon wieder verwandelt.

„Ab ins Bett", brüllt sie und nun herrscht wieder Ordnung bei den Blaumeisen.

10

Das System

Eigentlich funktioniert alles ganz einfach in dieser verschworenen Gemeinschaft. Im Grunde wird nie darüber gesprochen, es wird ganz einfach so gemacht. Es wird schon immer so gemacht und es wird auch noch lange Zeit so weitergehen.

Es gibt die Welt hier drinnen. Da darf jeder nach seinen Regeln leben, ganz selbstbestimmt und selbstverliebt.

Und es gibt die Welt da draußen. Dort gibt es strenge Regeln. Aber nur da draußen gelten diese strengen Regeln.

Auch nur dort werden sie ständig angemahnt. Sobald jemand zuschaut, werden die Regeln eingeübt, werden sie gebrüllt, kommandiert oder aufgeschrieben. Oder besser noch: gebetet.

Dieser strenge Regelkanon ist sehr ermüdend, insbesondere dann, wenn man ihn auch noch einer solchen „Bande hergelaufener Racker" eintrichtern muss. Deshalb bedarf es eines Ausgleichs, sonst kann dies kein normaler Mensch aushalten.

Jeder in diesem System muss sehen, wo er bleibt.

Herr Spitzer kümmert sich um seine Pferde und besucht abwechselnd Frau Hartmann und Frau Frings durch die untere Türe. Wenn das nicht ausreicht, baut er mal wieder ein Haus. Genauer gesagt, er lässt es bauen. Die Materialkosten rechnet er über das Kinderheim ab und Arbeitskräfte gibt es genug, die größeren Buben und die Zivildienstleistenden.

Diese „Drückeberger und Vaterlandsverräter!" Doch da können sie endlich einmal etwas Sinnvolles leisten und dabei Herrn Spitzers Reichtum etwas mehren.

Herr Zwergle hat seine Kinder. „Seine" Kinder! Er missbraucht nicht jedes Kind, ganz im Gegenteil. Es muss ja später auch Kinder geben, die nur Gutes über ihre Zeit im Heim erzählen können. Sonst würde ja das System nicht mehr funktionieren.

Aber welche Kinder wählt man aus für den Missbrauch? Dafür gibt es ganz bestimmte Auswahlkriterien.

Zuerst müssen sie noch möglichst klein sein, dann kann man sie heranziehen, ihnen das Gefühl vermitteln, dass ihr Alltag der Normalität entspricht. Die wichtigste Information liefert Ella Frings.

„Wie immer!" pflegt sie zu sagen, und das bedeutet, dass dieses Kind entweder keine Eltern mehr hat oder dass eigentlich niemand da ist, der irgendwann einmal nachfragen könnte, wie es diesem Kind so geht.

„Wie immer!" heißt auch:

„Mein lieber Franz, Du kannst dem Kind einfach sagen: „Deine Eltern sind tot", ob das nun stimmt oder nicht, „und Dich damit zur Bezugsperson aufbauen."

Es gibt noch weitere Code-Wörter, die alle im Kinderheim kennen und wissen:

„Finkele" ruft Herr Zwergle „seine" Kinder, und in dem Sprachraum, in dem sich unser Kinderheim befindet, weiß jeder, was damit gemeint ist, etwas sehr Eindeutiges.

Aber auch das scheint niemanden zu stören, denn es geschieht ja in der Welt hier drinnen, es stört auch niemanden, dass Herr Zwergle dieses Wort laut durch den Hof ruft und jeder, der des Dialektes mächtig ist, und das sind viele, nun weiß, was er jetzt gleich mit diesem Kinde machen wird.

Frau Frings liebt ihren Prügel. Sie prügelt mal mehr, mal weniger, je nachdem, wie oft Herr Spitzer durch die untere Türe gekommen ist. Und sie fasst ihre Kinder überall dort an, wo höchstens mal ein Arzt im Krankheitsfalle ganz vorsichtig anfassen dürfte.

Wenn die Kinder unbekleidet im Waschraum sind, macht sie schöne Bilder für das Album. Es gibt sogar Leute, die Geld dafür bezahlen, wenn sie ein Bild von unbekleideten Kindern bekommen können. Fotografieren ist ja nicht ganz billig, umso erfreulicher ist es, wenn man wieder etwas zurückbekommt.

Jeremia Kunz kommt ab und zu in seinem grünen Auto vorbei, angeblich, um sich bei Herrn Zwergle etwas Apfelwein zu holen. Aber eigentlich benötigt er mal wieder einige Informationen über die Neuzugänge im Kinderheim und will sich erkundigen, wie weit Herr Zwergle schon gekommen ist mit der Vorbereitung.

Besonders das Album von Tante Ella mit den Kinderbildern aus dem Waschraum ist interessant für ihn. Und wenn Herr Kunz wieder abgereist ist in seiner fahrenden Mülltonne, dann weiß auch Tante Ella schon, wer am nächsten Sonntag gleich nach dem Kirchgang Herrn Kunz begleiten darf auf seiner Spritztour durch Kronberg.

Herr Kunz ist sehr wichtig im System, er ist sozusagen der Finanzier. Denn so ganz umsonst funktioniert das alles nicht. Süßigkeiten in großen Mengen haben auch ihren Preis und Tante Ella träumt vom Wohneigentum im Alter. Also mit Herrn Kunz will es sich bestimmt niemand verderben.

Weil aber selbst die Mittel von Herrn Kunz nicht ausreichen, um alle Wünsche zu erfüllen, hat man sich noch etwas Anderes ausgedacht.

Man kann Pate werden im Kinderheim. Damit tut man etwas Gutes und Edles. Die armen Kinder haben so die Gelegenheit, das Wochenende in einer richtigen Familie zu verbringen. Wobei es sich im Laufe der Zeit herausgestellt hat, dass alleinstehende Männer viel mehr Zeit haben für ihre Patenkinder und zudem auch noch viel großzügigere Spenden bei Herrn Spitzer abgeben.

Damit es keine Probleme gibt, werden in diesem speziellen Falle nur solche Kinder ausgeborgt, für die Herr Spitzer sich die Vormundschaft hat übertragen lassen.

Es gibt noch viel mehr Menschen, die sich wohlfühlen in diesem System.

Herr Füller kümmert sich mehr um die älteren Mädchen, die auch mal beim ihm zuhause in Kronberg übernachten dürfen. Herrn Füllers Gäste freuen sich aufrichtig über die nette Gesellschaft und die Mädchen freuen sich über ein Stück buntes Papier. Die Kronberger Fundisten sind Meister darin, alle Probleme des täglichen Lebens zu lösen, und am liebsten gründen sie für jeden Bereich gleich eine gut funktionierende Einrichtung.

Haben wir Herrn Hartmann schon genannt?

Oder den netten Herrn, der in Kronberg immer diese lustigen Partys macht?

Herr Zwergle hat ja auch noch einen Hausmeister-Kollegen.

Und all' die anderen? die Helfer? die Erzieher? das Küchenpersonal? die Putzfrau?

Ihnen allen gibt Herr Spitzer bei jeder sich bietenden Gelegenheit zu verstehen, dass man alles darf in dieser Welt da drinnen, außer einem: jemandem in der Welt da draußen auch nur ein Sterbenswörtchen zu erzählen über die Welt da drinnen, positive Berichte natürlich ausgenommen. Sollte jemand diese Grenze überschreiten, so würde er der Verleumdung angeklagt. Ganz ohne Gerichtsverfahren. Diese Anklage bedeutet in Kronberg den Verlust des Arbeitsplatzes und den Verlust aller sozialen Kontakte.

Und wer will schon ein solches Risiko eingehen, nur wegen so ein paar „hergelaufener Racker?"

11

„Du"

Herr Zwergle belästigt nicht alle Kinder, er wählt immer sehr bedächtig aus. Dieter gehört zu seinen Auserwählten. Er hat ihm schon das Schreien abgewöhnt, das Kind wehrt sich auch gar nicht mehr. Herr Zwergle kann sich jeden Wunsch erfüllen.

Doch das Kind ist nicht mehr so wie früher. Ella Frings muss feststellen, dass Dieter plötzlich um sich schlägt, Streit anfängt, einen Wutausbruch bekommt, sein Bett nicht macht und seine Sachen nicht aufräumt.

„Immer dasselbe", denkt sie sich: „jetzt hat der Franz die Sache endlich im Griff, aber weil die Bengel seine Spielchen nicht so verkraften wollen, fangen sie an zu randalieren."

So kann das nicht weitergehen. Es muss jetzt unbedingt eine größere Strafaktion gestartet werden. Schließlich ist das Kind schon sechs Jahre alt und noch immer nicht gefügig.

Franz hat schon eine Menge Zeit investiert und Herr Kunz fragt dauernd nach, wie die Sache denn steht. Mit wichtigen Kunden darf man es sich nicht verscherzen, womöglich wandern sie sonst zu anderen Lieferanten ab.

Es gibt eigentlich niemanden mehr, der nach Dieter schauen könnte. Franz Zwergle hat ihm schon mehrfach erzählt, seine Eltern seien tot, was zwar nicht stimmt, aber was sind das schon für Eltern, denen man das Kind weggenommen hat, da darf man auch mal lügen.

„Im Sinne des Kindeswohls", würde Herr Spitzer in diesem Falle feierlich sagen.

Aber nichts will so richtig helfen. Ganz gleich, ob Tante Ella das Kind so lange an den Ohren hochhält, bis diese einreißen, Dieter mit dem Stock verprügelt oder ihm einen Schlag ins Gesicht versetzt, bis die Nase blutet, er will seinen Widerspruchsgeist nicht aufgeben.

Sie steckt ihn die ganze Nacht in den Wäschekorb im kalten Keller, stellt ihn unter die kalte Dusche, aber das Kind will einfach nicht fröhlicher werden.

Plötzlich fällt es Frau Frings wie Schuppen von den Augen. Das Kind hat ja doch noch einen Helfer, natürlich, wie konnte sie das übersehen.

Wo er geht und steht, hat Dieter seinen Teddybär im Arm. Meist steckt er ihn vorn in die Lederhose, so kann der Teddy alles mitbekommen, was Dieter erlebt.

Viel zu viel hat der Teddy schon mitbekommen. Wenn er reden könnte! Doch er kann nicht reden. Er kann etwas Anderes: er kann Trost spenden. Er ersetzt die Mutter und den Vater, er ersetzt die Großmutter und auch sonst alle Menschen, die ein Kind in den Arm nehmen, um es zu trösten.

Heute ist es soweit. Dieter ist sehr ungezogen, aufsässig und aggressiv. Dass Herr Zwergle ihn gestern gleich zweimal in den Keller geschleppt hat, ist Frau Frings egal. Jetzt kommt ihre Stunde. Sie packt den Sünder an den Ohren, bis er schreit vor Schmerzen, dann schleppt sie ihn hinauf in den großen Wohnraum.

„Hinsetzen!" brüllt sie in einem Ton, der jeden Widerstand zwecklos erscheinen lässt. Sie deutet auf den Stuhl, den sie zuvor schon bereitgestellt hat.

„Her damit!" schreit sie und deutet auf den Teddybär.

Bevor das Kind reagieren kann, hat sie das Kuscheltier schon aus der Lederhose gerissen. Sie packt den Teddy im Genick, wie man einen Verbrecher aufs Schafott schleift. Dieter ist starr vor Schreck, denn jetzt öffnet Ella Frings die Ofentür.

„Das hast Du davon", sagt sie und dann wirft, nein, setzt sie den Teddy auf die glühenden Kohlen. Die Ofentür lässt sie offen und stellt sich triumphierend daneben.

Dieter schaut seinen Teddy an, der Teddy schaut das Kind an. Kein Mensch hat je einen Teddybär gesehen, der so unsagbar traurig blicken kann. Es ist totenstill im Zimmer.

„Hol mich hier raus", sagen die Augen des Teddys, aber Dieters Hände und Füße sind wie gelähmt.

Dann züngelt die erste Flamme, es sieht so aus, als wolle der Teddy den Arm heben, noch einmal winken, noch etwas sagen, dann fällt der Arm herunter. Auch der Kopf fällt ein wenig zur Seite.

Aber das Schlimmste kommt noch. Der Teddy beginnt jetzt zu weinen. Zuerst kullert das eine Auge in die Glut, dann das andere. Und dann kuschelt er sich ganz langsam zusammen, genauso, wie sie sich abends immer ins Bett kuscheln.

Der Teddy fällt zur Seite und schläft ein, irgendwo ganz hinten im Ofen. Totenstille.

Frau Frings hat gesiegt, das Kind ist jetzt alleine, völlig alleine, es sitzt reglos auf dem Stuhl, nicht einmal die Tränen wollen kommen, schaut starr in die Glut, hofft, dass doch noch ein Wunder geschieht.

Vielleicht hat der Teddy ja nur Spaß gemacht. Gleich wird sein Kopf wieder erscheinen, oder sein Arm wird winken.

Aber nichts mehr geschieht. Tante Ella knallt die Ofentür zu. Sie lächelt dabei wie ein Todesengel.

Am nächsten Morgen sitzt Dieter heulend in der Schule. Die ganze Nacht hat er ins Kissen geweint. Die junge Lehrerin fragt nach, kümmert sich um das völlig verstörte Kind.

„Wo ist denn dein Teddy?" fragt sie. Der Junge starrt sie an und Frau Schneller beginnt zu ahnen, dass etwas Schlimmes passiert sein muss.

Dieter erzählt ihr stockend und unter Tränen, wie sein Teddy gestorben ist. Eine unglaubliche Wut steigt in Frau Schneller auf. Sofort meldet sie sich zum Gespräch bei Frau Frings an.

Tante Ella empfängt sie mit eisiger Miene. Sie lässt ihre Besucherin vom ersten Augenblick an spüren, dass sie nicht willkommen ist. Die Kinder, die im Zimmer sind, werden barsch hinausgeschickt.

„Was wollen Sie von mir?" fragt die Erzieherin in schneidendem Ton.

Frau Schneller fragt nach, ob Dieter den Tod seines Teddybären tatsächlich so erleben musste, wie er es der Lehrerin erzählt hat.

„Er war ungezogen, und deshalb musste er etwas hergeben, etwas, was ihm viel bedeutet. Sonst wird er niemals lernen zu gehorchen. Um Gott gefällig zu sein, muss man das Liebste hergeben, so sind die Regeln."

Frau Schneller läuft es kalt den Rücken hinunter. Dennoch versucht sie, der Erzieherin klar zu machen, welche Grausamkeit sie begangen hat.

Aber da ist das Gespräch auch schon zu Ende. Tante Ella gibt ihr klar zu verstehen, dass sie keine Einmischung in die Angelegenheiten der Heimerziehung duldet und vergisst auch nicht zu betonen, dass sie den Heimleiter auf ihrer Seite weiß.

„Kümmern Sie sich um Ihren Unterricht und ersparen Sie mir bitte in Zukunft solche nutzlosen Diskussionen." Mit diesen Worten schiebt sie Frau Schneller zur Türe hinaus.

Auf dem Hof trifft sie einen Zivildienstleistenden, der sofort auf sie zukommt. Olaf Eimerle fragt, warum sie so verstört aussieht. Frau Schneller erzählt ihm, was sie eben bei den Blaumeisen erlebt hat.

„Alles sehr, sehr komisch", meint Olaf, „ich muss Ihnen auch etwas erzählen. Herr Zwergle zieht immer Kinder ins Gebüsch." Weiter kommt er nicht, denn eben biegt Herr Spitzer um die Ecke.

„Na, haben wir nichts zu tun?" meint er schnippisch, und schnell geht jeder seiner Wege.

Olaf Eimerle schreibt einen Brief an die Aufsichtsbehörde und berichtet von den merkwürdigen Dingen, die er beobachtet hat. Er kann nicht ahnen, dass die Behörde das Geschehen im Kronberger Kinderheim deckt. Er erhält die Antwort, dass seiner Beschwerde nur dann nachgegangen werde, wenn Herr Spitzer seinen Brief mit unterzeichne.

Herr Spitzer lacht den jungen Mann aus, verbietet ihm jeden weiteren Umgang mit den Kindern und versetzt in zur Landwirtschaft. Olaf Eimerle wird sich später bittere Vorwürfe machen, dass er dem, was er an merkwürdigen Dingen beobachtet hat, nicht weiter nachgegangen ist.

12

In der Schule

Frau Schneller hat jetzt ein Auge auf Dieter und versucht ihn zu fördern, so gut sie kann. Das Kind liebt seine Lehrerin, es spürt, dass hier eine andere Atmosphäre herrscht als bei Tante Ella.

Dieter fällt das Lesen und Schreiben leicht und Frau Schneller bemerkt bei ihrem Schützling eine außergewöhnliche Beobachtungsgabe. Wenn es den Anschein hat, der Kleine sei ganz still und abwesend, so sind doch alle Sinne geschärft. An jede Einzelheit kann Dieter sich noch erinnern, selbst wenn man ihn nach Begebenheiten fragt, die schon länger zurückliegen.

Frau Schneller hat den Eindruck, dass Dieter zwar keine guten Augen hat, dies aber dadurch auszugleichen versucht, dass er mehrmals und viel genauer hinschaut als die anderen Kinder.

Und dann geschieht etwas Sonderbares. Mitten im Unterricht öffnet sich die Türe und die große Gestalt von Herrn Zwergle erscheint. Er unterbricht Frau Schneller mitten im Satz und fragt, ob er den kleinen Dieter kurz mal mitnehmen darf.

„Ich bin gerade dabei, sein Fahrrad zu reparieren. Er darf mir dabei helfen, da kann er lernen, wie man das macht."

Herr Zwergle strahlt über das ganze Gesicht wie jemand, der im Begriff ist, eine gute Tat zu begehen.

Dieter will nicht mitgehen. Er schaut in die andere Ecke und hält sich am Tisch fest.

„Jetzt sei doch nicht so", sagt Frau Schneller, „schau doch, welche Mühe sich Herr Zwergle macht. Und dann siehst du auch, wie man ein Fahrrad repariert."

Dieter will noch immer nicht. Merkt Frau Schneller denn nicht, was Herr Zwergle wirklich will? Jetzt holt er ihn sogar aus dem Unterricht, weil er es nicht erwarten kann, bis die Schule aus ist. Nicht einmal hier ist man mehr sicher.

Aber Herr Zwergle hat ihn schon an der Hand gepackt und draußen sind sie. Was Herr Zwergle heute mit dem Kind macht, ist besonders schlimm. Und als der Kleine wieder ins Klassenzimmer kommt, sieht er völlig verstört aus.

13

Und Gott schaut weg

Wenn abends gemeinsam zum lieben Gott gebetet wird, dann fragt sich manches der Kinder, ob der liebe Gott auch dieses Kinderheim kennt. Eigentlich kann er es nicht kennen, sonst wäre er doch längst zu Hilfe geeilt. Dieselbe Frage kann man sich auch sonntags in der Kirche stellen. Dort ist der liebe Gott normalerweise zu Hause.

„Denn tausend Jahre sind vor dir wie ein Tag", Pfarrer Grauzwergs Stimme dröhnt durch den Gebetssaal der Kronberger Fundisten.

Gott der Herr sitzt in der vorletzten Reihe, schräg hinter Frau Frings. Immer, wenn er die Menschen besucht, tut er dies in Gestalt eines Kindes. In der Gestalt eines Kindes wird ihn niemand erkennen, die Menschen warten damals wie heute auf einen starken Mann, einen Richter. Besonders die Fundisten wünschen sich einen Richter.

Amüsiert hört Gott der Herr die Worte von Pfarrer Grauzwerg.

Was hat er sich da nur gedacht bei seiner Schöpfung? Er hat sich sehr viel gedacht! Ein besonders großes Denkvermögen hat er den Menschen geschenkt und jetzt das!

Dieser Geistliche, der tatsächlich so aussieht wie sein Name es ankündigt, erzählt gar fürchterliche Dinge von ihm. Er sei ein strafender Gott, na so was.

Dann berichtet Pfarrer Grauzwerg vom Krieg, eigentlich immer tut er das, jeden Sonntag.

Gott sieht, wie Frau Frings einem Knaben eine Kopfnuss verabreicht und hört, wie Herr Grauzwerg fast gleichzeitig erklärt, so lange dieser strafende Gott den Richter noch nicht geschickt hat, müssen wir das selbst erledigen. Wir müssen selbst die Strafen verhängen und vollziehen, meint er.

Gott der Herr schaut nach links. Dort unter der Orgelempore sitzt Jeremia Kunz. Der hört gar nicht auf den Prediger, sondern schaut das unbekannte Kind so sonderbar an. Ja richtig, das ist doch dieser nette Mann, der nach dem Gottesdienst immer eines der Kinder mit zu sich nach Hause nimmt.

„Lasset die Kindlein zu mir kommen", Herr Grauzwerg sagt laut, was Herr Kunz gerade denkt.

Natürlich nur eines der Kinder, die man die die Obhut der Gemeinde und ihres Kinderheimes gegeben hat. Am liebsten eines der Kinder, die man Frau Frings anvertraut hat.

In die Zukunft blickend sieht Gott der Herr, wie die Fundisten mit dem Erbe dieses Kinderschänders einen Tempel bauen, in dem sie Menschen taufen.

„Pfui Teufel" entfährt ihm der Name seines Widersachers.

„Denn tausend Jahre sind vor dir wie ein Tag", wiederholt der Pfarrer.

Nach dieser Zeitrechnung wohnt Gott dieser sonderbaren Veranstaltung jetzt nur noch einige Augenblicke bei. Also hier wird sein Wort verkündigt und ringsherum werden Kinder gequält. Es wird tatsächlich Zeit, diesem Treiben ein Ende zu bereiten. Aber einige weitere Augenblicke wird das noch dauern.

Im Weggehen spürt er die begehrlichen Blicke einiger Herren, die das hübsche Kind sofort bemerkt haben. Da fällt ihm ein, dass nach göttlicher Zeitrechnung schon in wenigen Tagen die nächste Eiszeit diesen unheiligen Ort unter sich begraben wird.

Schnellen Schrittes verlässt das Kind die Stadt. Mit diesen Menschen hier will es nichts mehr zu tun haben.

Gott schaut einfach weg.

14

Sommerfrische

Im Sommer fahren die Kinder ins Ferienlager. Genau genommen bricht das ganze Kinderheim auf. Das Ferienlager liegt etwa 150 Kilometer entfernt in Richtung der Landesgrenze.

Dort in Friedrichshain hat sich Herr Spitzer eine zweite Heimat geschaffen. Und weil alles ihm gehört, sowohl hier in Kronberg wie auch dort in Friedrichshain, darf er seine Sommerfrische genießen wie seinerzeit die Könige von Sachsen, die mit Mann und Maus, dem ganzen Hofstaat und sogar der gesamten sächsischen Oper im Sommer für drei Monate nach Königsberg gezogen sind.

Nun ist Herr Spitzer kein wirklicher König, deshalb dauert seine Sommerfrische auch nur wenige Wochen. Aber sein Tross ist beachtlich. Der rote Traktor fährt voraus, auf den angehängten Wagen befinden sich die Kinder und auch viele Gegenstände, die man in Friedrichshain zu gebrauchen meint.

Zum Tross gehört auch der neueste Schäferwagen, der heute nach Friedrichshain umzieht. Denn Herr Spitzer sammelt alte Schäferwagen und lässt sie von den älteren Kindern und den Zivildienstleistenden restaurieren. Zur jeweils nächsten Sommerfrische dürfen die guten Stücke dann den weiten Weg auf den privaten Grund und Boden von Herrn Spitzer zurücklegen.

Herr Zwergle steuert den roten Porsche, Herr Spitzer seinen Daimler. Diese Automarke ist seinem Status angemessen. Denn nur ein solches Kraftfahrzeug kann die schwere Last ziehen, die hinten angehängt ist:

Herrn Spitzers Pferde, die im eigenen Pferdewagen transportiert werden und die, weil es Sommer ist, auch den einen oder anderen Aufenthalt verursachen.

Von Kronberg aus setzt sich der ganze Tross in Bewegung und schon nach einer Stunde ist das kleine Gebirge erreicht, das es zu überqueren gilt.

Oben angekommen, werden die Pferde getränkt, während der langsame Traktor etwas aufholen kann. Einen ganzen Tag lang dauert dieser Umzug nach Friedrichshain.

Während andere Kinder in die Ferien fahren, um etwas Neues zu sehen, bleibt für die Kinder des Kronberger Kinderheims irgendwie alles beim Alten.

Herr Kunz wartet schon, wenn die Karawane die Friedrichshainer Dorfstraße heraufkommt und auch andere sind schon da, die in schnelleren Wagen mitgefahren sind, Tante Ella und all' die anderen bekannten Gesichter. Selbst die Köchin ist mitgereist, und am Abend gibt es gleich das erste Mahl.

Die Gäste von Herrn Spitzer sitzen an einer langen Tafel und bekommen das Beste aufgetischt, daneben sitzen die Kinder und essen ihre Brote, die zuerst mit Butter und Marmelade bestrichen und dann wieder abgekratzt werden. Nur kein Überfluss für diese Racker!

Dann werden die Quartiere bezogen, rechts die Buben, links die Mädchen. Einen Waschraum gibt es nicht, nur eine Wasserstelle im Freien.

Herr Zwergle und Herr Kunz schauen dort ein bisschen nach dem Rechten und planen insgeheim ihr Programm für die nächsten Tage, während sie die Kinder bei der Reinigung beobachten.

Die beiden Herren haben dazu ein äußerst praktisches Quartier erhalten. Jeder von ihnen bezieht heute einen der Schäferwagen, die etwas entfernt auf einem schwer einsehbaren Gelände aufgestellt sind.

Heute haben Dieter und seine Gefährten noch Ruhe, es ist ja auch zu viel los auf Herrn Spitzers Gelände, alle rennen aufgeregt hin und her.

Doch schon am nächsten Morgen spürt Dieter die starke Hand von Herrn Zwergle, der ihn wortlos zu seinem Schäferwagen führt.

Er stößt die Tür auf, hebt den Buben hoch und schubst ihn hinein. Drinnen ist es stickig und muffig, die Läden sind geschlossen.

Herr Zwergle lässt sich viel Zeit. Im Schäferwagen mit einem kleinen Schäfchen kann man den Tag fröhlich angehen. Das Kind wehrt sich schon gar nicht mehr. Und dabei tut es wieder so weh. Je länger Herr Zwergle diese Sachen mit ihm macht, desto grober geht er mit Dieter um.

Draußen hört man Schritte.

„Herr Zwergle!" hört man rufen.

Der kräftige Mann drückt dem Kind seine große Hand auf den Mund und verharrt reglos. Dieter glaubt zu ersticken.

Endlich entfernen sich die Schritte wieder und Herr Zwergle lässt ihn wieder atmen.

Aber die Tortur ist noch nicht vorbei, Herr Zwergle hat ja Zeit, den ganzen Sommer hat er Zeit. Und er hat sich so viele schöne neue Quälereien ausgedacht.

„Herr Kunz ist noch viel schlimmer", denkt Dieter, während er alles über sich ergehen lässt. Wenigstens hat Herr Zwergle heute keinen Schraubenzieher zur Hand. Der rote Griff tut immer so schrecklich weh.

Endlich ist die Quälerei vorbei, Herr Zwergle hat ausgeschnauft und stößt das Kind hinaus. Schnell rennt Dieter zurück zu den anderen Kindern. aber da wartet schon Tante Ella und schlägt ihm ins Gesicht.

„Wo warst Du die ganze Zeit?" zetert sie, wohl wissend, was gerade geschah, denn eben biegt Herr Zwergle etwas breitbeinig um die Ecke und winkt ihr fröhlich zu. Dieter nutzt die Gelegenheit, um sich zu verdrücken. Und weil er überall Schmerzen hat, versucht er, heute Herrn Kunz aus dem Weg zu gehen.

Der hat sich derweil den Martin geschnappt und kommt anschließend auch ganz fröhlich aus seinem Schäfer-Domizil gestiegen.

„Ein wirklich schönes Ferienlager habt ihr wieder in diesem Jahr", strahlt er Herrn Spitzer an, der aber kein Gespräch führen will. Denn er ist unterwegs zur Baustelle.

Die Heimkinder schleppen Steine, Zementsäcke und Dachziegel, Bretter und Leitern, während die Kinder der Gäste auf den mitgebrachten Pferden reiten dürfen.

Herr Spitzer baut sich mal wieder ein neues Haus. Und die Bedingungen sind gut. Das Wetter ist schön, die Kinder sind folgsam, das Baumaterial kann er über die Heimkasse abrechnen und die wenigen Handwerker, die er dennoch benötigt, werden mit Reitstunden entschädigt. Mit diesem System hat sich Herr Spitzer bereits einen beträchtlichen Wohlstand verschafft.

Rechnet man noch die großzügigen Spenden von Herrn Kunz hinzu, so lässt sich die gute Laune erklären, die Herr Spitzer heute hat.

Und Herr Kunz ist ja nicht der einzige Wohltäter der Heimkinder. Es gibt so viele Menschen – meist sind es Männer, die ein Herz für Kinder haben.

Und so fliegen die Wochen ins Land, ein wirklich schöner Sommer. Die Gäste wechseln, die Spenden fließen, die Kinder sind fleißig und Herrn Spitzers Haus ist fast fertig geworden.

Nur einige Kinder hoffen, dass diese Ferien bald vorbei sind. Dieter muss immer still halten, bei Herrn Zwergle, bei Herrn Kunz, und auch noch bei dem Hausmeisterkollegen, der in Friedrichshain angestellt ist. Ach ja, den netten Herrn vom Fahrkartenschalter hätten wir fast vergessen, denn der ist ja auch zu Besuch gekommen.

Und als Dieter das alles nicht mehr aushält und wütend und zornig und ungezogen wird, da muss wieder einmal Tante Ella einschreiten. Langsam ist es ihr zu dumm, dass ausgerechnet dieses Kind sich nicht in sein Schicksal fügen will.

Sie prügelt dieses Mal besonders heftig, dabei stößt sie das Kind gegen den Rahmen des Stockbetts, das im Wege steht. Dieter brüllt vor Schmerzen und Tante Ella macht für heute eine Pause.

In der Nacht werden die Schmerzen immer schlimmer, der linke Arm schwillt an und am nächsten Morgen wimmert der Kleine nur noch.

Tante Ella hat ihren freien Tag, da erbarmt sich die Köchin und bringt Dieter zum Arzt. Der stellt fest, dass das kleine Ärmchen gebrochen ist. Er behandelt den Bruch und Dieter kommt mit einem Gipsarm zurück ins Ferienlager, die Tränen sind versiegt.

Aber noch ist nicht alles überstanden, denn Tante Ella kommt am Abend zurück. Die Köchin berichtet ihr vom Besuch beim Arzt.

Eine ungeheure Wut steigt auf in Frau Frings. Wehe, der Lümmel hat dem Arzt erzählt, wie es zu dieser Verletzung gekommen ist.

Die Kinder sind schon im Bett und Tante Ella stürmt ins Zimmer. Sie reißt Dieter aus dem Bett, wie immer an den Ohren. Ohne ein Wort beginnt sie das Kind zu schlagen, sie hört gar nicht mehr auf. Und sie schlägt besonders auf den noch warmen Gips, am liebsten würde sie den Gips samt dem Arm in Stücke schlagen.

Nicht nur Dieter schreit jetzt, alle anderen Kinder im Zimmer schreien mit, teilen den Schmerz ihres Leidensgenossen.

Als der Lärm und das Geschrei so laut sind, dass schon das ganze Ferienlager zusammenläuft, da, endlich, lässt Tante Ella von Dieter ab.

Ihre Wangen sind rot, sie keucht und schnauft, fast wie Herr Zwergle und Herr Kunz. Dann rennt sie hinaus, um der Menschentraube, die sich vor der Hütte gebildet hat, zu berichten, wie schwer erziehbar diese Racker derzeit sind.

Die Kinder unterhalten sich noch leise mit Tränen in den Augen:

„Wieso schnauft sie immer so, wenn sie uns prügelt?"

„Ist mir auch schon aufgefallen."

Mir klemmt sie immer den Fuß zwischen ihre Beine."

„Mir auch!"

„Und dann reibt sie so."

„Wie meinst Du das?"

„Sie reibt sich mit meinem Fuß."

„Wo?"

„Na zwischen ihren Beinen!"

„Was gibt es da zu reiben?"

„Ich weiß auch nicht, aber dann schnauft sie dabei."

„Sie macht das immer so."

Da geht schon wieder die Türe auf:

„Wenn jetzt noch einer redet, dann setzt es noch eine Tracht Prügel!"

Jetzt ist es still, totenstill. Nur Dieter wimmert leise im Bett, die Schmerzen werden noch schlimmer nach den Schlägen auf den frischen Bruch.

15
Kulinarische Genüsse

„Es ist ja nicht leicht, diese Racker zu anständigen Menschen zu erziehen. Und was die Tischsitten angeht, bin ich manchmal am Verzweifeln."

Man weiß nicht mehr genau, von wem diese Sätze stammen, aber es könnte Ella Frings gewesen sein. Um ihre Verzweiflung zu bekämpfen, hat sie nach vielen Jahren der Berufserfahrung nun aber einige Methoden entwickelt, ihren Schützlingen zuliebe.

„Ich will ja nur ihr Bestes", würde Tante Ella jetzt sagen.

Hilfreich ist beispielsweise ein energischer Schlag mit der Suppenkelle direkt auf den Mund eines Kindes. Tante Ella weiß die Kelle so geschickt zu führen, dass es ihr ein Leichtes ist, die Lippe zum Platzen zu bringen oder auch dem Zahnarzt wieder etwas Arbeit zu verschaffen. Ja, sie ist eine Meisterin der Suppenkelle, besonders während des Tischgebets, wenn ein Kind nicht aufmerksam ist oder im Text nicht mehr weiter weiß.

Es ist kein Problem für ein Kind, seine Lieblingsspeise zu verzehren. Aber ein junger Mensch muss lernen, auch Dinge zu sich zu nehmen, die er eigentlich nicht mag, das will die Erziehung so. Am besten kann man das mit Speisen trainieren, vor denen das Kind sich ekelt, die verdorben sind oder noch besser: gegen die es eine Allergie hat.

Heute lässt Tante Ella Fleisch auftragen, zähes Fleisch mit einem dicken Fettrand, der mit aufgegessen werden muss. Sie freut sich schon darauf, was jetzt alles so passieren wird, schließlich kennt sie die Strategien ihrer Schutzbefohlenen.

Heute hat sie den kleinen Dieter besonders im Auge. Warum rutscht er immer so unruhig auf dem Bänkchen hin und her?

Gleich nach dem Essen wird sie der Sache auf den Grund gehen. Und siehe da, der kleine Racker hat ein Stück des Fleisches, auch noch eines, das hauptsächlich aus dem erzieherisch wertvollen Fett besteht, unter seinem Sitzkissen verschwinden lassen.

Tante Ella tobt. Sie prügelt den Buben windelweich. Aber das ist erst der Anfang. Ab in den Keller, in den Wäschekorb. Der Wäschekorb wird so beschwert, dass ein Entkommen unmöglich ist, dort bleibt das Kind zitternd und schlotternd bis zum nächsten Morgen.

Am Morgen stürmt Tante Ella in den Keller, stößt den Korb um und zieht den Buben an den Ohren heraus. Als Morgengruß gibt es die nächste Tracht Prügel, dann zieht sie Dieter an einem Ohr die Treppen hoch, bis das Ohrläppchen einreißt.

Jetzt kommt die Krönung: das Fleisch von gestern ist ja noch da und es wird gleich zum Frühstück so serviert, wie es gefunden wurde:

Die Haare der Sitzauflage hängen dran, das Fett ist jetzt eiskalt und schmierig.

„Aufessen!" brüllt die Erzieherin, und weil der Bub keine Anstalten macht, muss sie nachhelfen. Das kann sie gut, die Nase zuhalten und das Fleisch in den Rachen stopfen ist eine Sache von Sekunden.

Dieter würgt und würgt, aber der Magen protestiert. Jetzt liegt das Fleisch wieder auf dem Teller, garniert mit Magensäften. Tante Ella stopft es wieder hinein, wieder und wieder, und wenn dabei etwas auf den Boden fällt, dann packt sie das Kind am Haarschopf und drückt es so lange auf den Boden, bis dieser wieder gesäubert ist, mit der Zunge natürlich.

Tante Ella muss sich jetzt beeilen, schon in einer Stunde wird Herr Zwergle kommen, um sich den Buben auf der Werkbank zurechtzulegen.

„Und wie läuft es mit Dieter?" fragt Herr Zwergle grinsend, als er sich den Buben abholt.

„Der wird ab jetzt alles essen, was ich ihm vorsetze, das kannst Du mir glauben!" Tante Ella lächelt zurück und fügt hinzu:

„Du kannst ihn gleich mitnehmen, ich glaube, er braucht jetzt ein wenig Abwechslung."

„Kann ich den Martin heute mal dazu haben?" Herr Zwergle grinst noch breiter.

„Du bist aber unersättlich heute!" Tante Ella schüttelt den Kopf und meint:

„Aber Deine Werkbank ist ja breit genug."

„Das schaffe ich schon", meint der Mann im blauen Anzug, „und Du brauchst ja auch ein bisschen Ruhe nach dem Theater mit dem Essen."

„Was weißt Du denn davon? Ich habe Dir doch noch gar nichts erzählt."

„Na ja, war ja wohl laut genug, das ganze Dorf hat es mitbekommen, wie Du getobt hast. Und der Kleine hat ja auch gebrüllt wie am Spieß."

Tante Ella möchte nicht weiter zuhören und schiebt den großen Mann hinaus. An der Hand hat er zwei kleine Buben, einen rechts, den anderen links.

16

Auf der Werkbank

Mit seiner Beute muss Herr Zwergle nicht weit. Schon sind sie an der Treppe zum Fahrradkeller. Die Buben sträuben sich, wissen sie doch, was sie erwartet. Aber Herrn Zwergles Freundlichkeit ist unerbittlich, zumindest so lange, wie die drei noch an der Oberfläche sind.

Einmal im Keller angelangt, verändert sich die freundliche Miene des Hausmeisters. Er setzt sich auf seinen Hocker, dann zwingt er die Kinder vor sich auf die Knie.

Es schmeckt nicht gut, was sie jetzt in den Mund nehmen müssen, doch sie haben keine Wahl. Da sie heute zu zweit sind, ist es aber nur halb so schlimm.

Wenn Herr Zwergle dann soweit ist, packt er den ersten und legt ihn bäuchlings auf die Werkbank.

Direkt vor der Nase seines Opfers ist eine Plakette auf die Werkbank genagelt, auf der ein Gotteshaus abgebildet ist. Denn die Firma, die diese praktischen Werkbänke für Herrn Zwergle herstellt, hat ihr Produkt nach der Stadt mit dem wohl berühmtesten evangelischen Gotteshaus benannt.

Man darf nicht vergessen, dass die Mitarbeiter des Kinderheims nach strengen Kriterien ausgewählt werden. Eine wichtige Voraussetzung ist es, ein gläubiger Christ zu sein, so steht es in allen Stellenausschreibungen.

Deshalb legt Herr Zwergle auch großen Wert darauf, mit „seinen Kindern" nur auf einer christlichen Werkbank zu verkehren.

Nachdem Herr Zwergle mit Martin fertig ist, kommt Dieter an die Reihe. Wie so oft verlassen den großen Mann jetzt die Kräfte und wollen so schnell nicht wiederkehren.

Aber auch dafür hat der handwerklich begabte Mann eine Lösung. Da das Problem mittlerweile mehrmals am Tag auftritt, liegt auf der Werkbank immer der Schraubenzieher mit dem roten Griff. Dieser rote Griff ersetzt nun Herrn Zwergles Manneskraft. Und damit er möglichst keinen Schaden anrichtet, steht gleich daneben sein Ölkännchen. Und schon geht es leichter.

Da sage noch einer, die Kinder würden in diesem Heim nicht behutsam angefasst. So viel Einfühlungsvermögen findet man nicht überall.

Doch heute ist Herr Zwergle viel erregter als sonst. Wie konnte das passieren, Dieter ist verletzt und blutet. Herr Zwergle schimpft und schickt die Kinder schnell nach draußen.

Schreiend vor Schmerzen läuft Dieter zu Tante Ella:

„Herr Zwergle macht so schlimme Sachen mit uns", er wimmert vor Schmerz und zeigt Tante Ella das Blut in der Hose.

Tante Ella ist außer sich.

„Du böses Kind! Wie oft schon habe ich Dir gesagt, Du darfst Dich da nicht anfassen. Und jetzt hast Du Dich sogar da innen verletzt!"

„Aber das hat Herr Zwergle getan!" schreit der Bub.

Tante Ella wird zuerst leichenblass, dann wird sie puterrot.

„Du wirst es nie wieder wagen, so etwas zu sagen, nie wieder!"

Und dann verprügelt sie den Buben, wie sie ihn noch nie verprügelt hat. Er wird danach zwei Tage im Bett bleiben müssen. Aber sie wird niemals zulassen, dass dieses Kind es auch nur noch ein einziges Mal wagt, das auszusprechen, was hier mit ihm geschieht. Zu viel steht auf dem Spiel.

Den Geruch des Maschinenöls werden die Kinder ihr Leben lang nicht vergessen. Jedes Mal, wenn es nach Öl riecht, kommen die Bilder zurück:

die Werkbank,

die Plakette mit der großen Kirche,

der rote Schraubenzieher,

das Ölkännchen.

Jedes Mal aufs Neue, unerbittlich.

17

Nikolaus

Heute kommt der Nikolaus. „Lasst uns froh und munter sein!" Schon seit Tagen schallt dieses Lied durchs Kinderheim. Gedichte werden gelernt, Bilder werden gemalt, es wird gebastelt. Das Schönste am Nikolaustag ist eigentlich, dass Weihnachten nicht mehr weit ist. Mit roten Backen und voller Vorfreude sitzen die Kinder in Reih' und Glied und spitzen die Ohren.

Und da kommt er. „Von drauß' vom Walde komm' ich her", so tönt es unten an der Treppe, und jetzt geht die Türe auf und der Nikolaus ist da.

„Niklaus ist ein guter Mann, dem man nicht g'nug danken kann", singen die Kinder und der Rotmantel stellt seinen Sack ab. Bevor er aber hineingreift, holt er erst das große Buch hervor. Alle Kinder sind darin verzeichnet und über alles, was im letzten Jahr so geschehen ist im Kinderheim, weiß der fromme Mann genauestens Bescheid.

Sonja sagt zuerst ihr Gedicht auf, schön und ohne Stottern. Nikolaus streicht seinen langen Bart und brummt etwas hinein, was sehr zufrieden klingt. Dann greift er in den großen Sack und das Kind wird mit Süßigkeiten und Obst belohnt.

Und es geht weiter in der Reihe, ein Kind nach dem andern sagt aufgeregt sein Sprüchlein und erhält eine

Belohnung. Jetzt sind fast alle Kinder dran gewesen, nur einer fehlt noch, der kleine Heiner.

„Na so was", sagt der Bärtige, „jetzt hätte ich Dich doch fast vergessen."

Man muss dazu sagen, dass Heiner ein schwieriges Kind ist. Er hat eine seltene Krankheit, die zur Folge hat, dass alle Haare ausgefallen sind. Das arme Kind hat viele Hänseleien zu ertragen und findet bei Niemandem Trost. Er macht viel Unsinn, um wenigstens dadurch ein wenig Beachtung zu bekommen.

Tante Ella bekämpft Heiners Haarausfall mit der gleichen Medizin wie Dieters Kurzsichtigkeit: Er erhält täglich eine extra Portion Prügel, was aber weder seine Krankheit lindern noch sein Wohlverhalten verbessern will.

So hofft Tante Ella heute auf die Unterstützung des Heiligen Mannes, der jetzt nochmals das große Buch hervorholt. Schlimme Dinge hat er zu berichten über den kleinen Heiner. Die anderen Kinder hören grinsend zu, sie haben das Schlimmste ja schon hinter sich. Irgendwann ist auch der Nikolaus fertig mit Heiners Sündenregister.

Und nun zeigt sich, dass der Sackbesitzer wirklich aus dem Wald kommt, wie eingangs behauptet. Flugs holt er aus dem schon fast leeren Behältnis eine Rute hervor, greift sich den Buben und prügelt in einmal so richtig durch. Als Heiner glaubt, er hätte es überstanden, packt der Heilige das Kind und stopft es in den Sack. Und nun kommt der pädagogische Teil des Abends:

Der Heilige Nikolaus wirft sich den Sack über die Schulter und stapft die Treppe wieder hinunter. Aber auf jeder Stufe hält er inne und schlägt den Sack mit dem wimmernden Kind gegen die Wand. Wieder und immer wieder. Unten an der Türe wirft er den schluchzenden Buben in die Ecke und verlässt das Haus. Weit hat er nicht bis zu seinem Büro.

Dort angekommen, reißt er sich zuerst die fromme Maske vom Gesicht und zieht den schweren Mantel aus.

„Wieviel Kraft mich diese Bengel kosten", seufzt er und lässt sich in den Sessel fallen. Dann holt er sein Heiliges Buch hervor, und während er seinem Herrn dankt für diesen schönen Tag, streicht er sich befriedigt das nun bartlose Kinn.

18

Verkauft

Heute ist Besuch gekommen. Ein netter jüngerer Mann steht auf dem Hof. Er ist aus Hengstenberg gekommen. In letzter Zeit ist er oft in Kronberg und hat inzwischen dort viele Freunde gefunden.

Zuerst hat er nur den netten Herrn am Fahrkartenschalter kennengelernt. Inzwischen kennt er auch Herrn Kunz, dieser hat ihn Herrn Zwergle vorgestellt und ihm einen Termin bei Herrn Spitzer verschafft.

Heute will er endlich sein Anliegen vorbringen und Herrn Spitzer erzählen, dass auch er, wie schon andere vor ihm, sich für die armen Heimkinder engagieren will. Genaugenommen für ein spezielles Kind, denn die Hilfe kommt am besten an, wenn man sich eines Kindes ganz gezielt annimmt.

Herr Spitzer bittet ihn ins Büro und die beiden Herren kommen auch gleich zur Sache.

„Sie können bei uns so eine Art Patenschaft übernehmen", sagt Herr Spitzer und lächelt so eigenartig, wenn er das Wort 'Patenschaft' ausspricht.

„Was wären denn da mein Pflichten?" fragt der Gast.

„Nun ja, reden wir nicht lange drum herum. Sie bekommen das Kind mal übers Wochenende und können mit ihm was unternehmen. Was Sie da machen, bleibt ganz Ihnen überlassen. So hat das Kind auch mal einen richtigen Familienanschluss."

„Na ja, eine Familie habe ich nun ja nicht...."

Herr Spitzer unterbricht ihn: „So genau nehmen wir das hier nicht", sagt er mit demselben Lächeln, „ich denke, so haben Sie sogar mehr Zeit für das Kind."

„Und sonst?" Der Gast weiß, dass noch eine Information fehlt.

„Fast hätte ich es vergessen, das Heim erwartet darüber hinaus noch eine Spende, ich denke mal, Herr Kunz wird Sie..."

„Ja natürlich, er hat mir gesagt, was das Übliche ist. Ich würde das natürlich noch aufrunden. Wo darf ich die Spende hingeben?"

„Ich nehme diese Beträge gerne in bar entgegen", jetzt strahlt Herr Spitzer, „wissen Sie, solche zusätzlichen Einnahmen erlauben mir auch mal eine großzügige Ausgabe an einer Stelle, wo die Not am größten ist."

Der Gast hat alles verstanden und strahlt jetzt ebenso wie Herr Spitzer. Sie sind schon unter der Türe, als Herrn Spitzer noch etwas Wichtiges einfällt.

„Ich habe vergessen, Ihnen noch zu sagen, dass natürlich nicht alle Kinder für dieses Patenmodell geeignet sind. Normalerweise sehe ich zu, dass ich nur Kinder", Herr Spitzer kommt ins Stottern, „dass ich nur Kinder heraus..., äh, also in fremde Hände gebe, bei denen ich selbst der Vormund bin. Es bleibt dann irgendwie in der Familie. Also das ist uns doch sehr wichtig, der familiäre Aspekt, Sie wissen schon."

„Ja natürlich, das habe ich verstanden. Herr Zwergle nannte mir schon ein Kind, einen Buben, der besonders geeignet wäre. Es sei auch schon mit Ihnen abgesprochen."

„Ja wunderbar, dann können Sie ja gleich starten, heute ist Freitag, ich denke mal, Sie sind natürlich gleich freitags gekommen, hähä, dann danke ich Ihnen sehr herzlich. Wir werden Sie heute Abend ins Gebet einschließen, das haben Sie verdient."

Befriedigt steckt Herr Spitzer den Umschlag in seine flotte Jacke und drückt dem freundlichen Gast die Hand.

19

Konfirmation

Tante Ella steht in einem Kleidergeschäft in Hengstenberg. Dieters Konfirmation steht bevor und Tante Ella ist
denkbar schlecht gelaunt. Heute muss sie für den Jungen
einen dunklen Anzug kaufen. So viel Geld! Und heute
kann sie weder das Geld noch die Kleidung gleich verschwinden lassen, denn schließlich hat Dieter in diesem
Kleidungsstück vor der ganzen Gemeinde zu erscheinen.

Viel Zeit aber gedenkt sie nicht zu verschwenden mit
dieser Sache. Dieter steht vor ihr in einem Anzug, der
etwas zu groß ist. Die Hose ist deutlich zu weit, an den
Schultern steht das gute Stück etwas über. „Ich fühle mich
nicht wohl in diesem Anzug", wagt der Bub zu sagen, aber
blitzschnell schlägt sie ihm mit der flachen Hand ins Gesicht.

„Halt den Mund", zischt sie.

Dieser Kerl hat doch keine Ahnung. Er wird diesen Anzug ein einziges Mal tragen, danach wird sie ihn ihrem
Neffen schicken. Und der hat deutlich breitere Schultern.

Die Verkäuferin hat etwas bemerkt und kommt hinzu,
sagt etwas Freundliches zu Dieter und fragt ihn, ob alles
in Ordnung sei.

„Natürlich, alles gut", stammelt der Bub, Rebellieren hat
eh keinen Sinn. Vor der Verkäuferin würde Tante Ella ihn

natürlich nicht schlagen, aber danach eine ganze Woche lang. Ihre stechenden Augen befehlen:

„Wunderschön, der Anzug gefällt mir gut", hört Dieter sich sagen und schon sind sie wieder draußen.

Morgen ist der große Tag. Pfarrer Grauzwerg stellt sein Fahrrad wie immer vor dem Ölkeller des Kinderheims gegen die Wand. Im Speisesaal warten schon die Heimkinder, die er morgen konfirmieren wird. Und morgen werden sie mit den Konfirmanden aus der Stadt das erste Mal zusammentreffen.

Pfarrer Grauzwerg achtet immer sorgfältig darauf, dass seine guten Stadtkinder mit diesen Heimkindern möglichst nicht in Berührung kommen und scheut dafür keinen Aufwand. Jede Woche fährt er hinaus ins Heim, um seinen Konfirmandenunterricht ein zweites Mal abzuhalten. Das ist es ihm wert, denn schrecklich ist die Vorstellung, seine Stadtkinder könnten möglicherweise Freundschaften schließen mit einem Heimkind. Das käme nicht gut an in seiner Gemeinde.

Aber morgen müssen alle gemeinsam konfirmiert werden. Das macht sein Erscheinen heute Abend notwendig. Er betritt würdevoll den Speisesaal und fasst das Erlernte nochmals zusammen, blickt seinen Schützlingen streng in die Augen und ermahnt sie zu gutem Benehmen am morgigen Festtage.

„Ich werde jeden von euch immer im Auge behalten", sagt er mit einem Unterton, der nichts Gutes verheißt, sollte sich jemand morgen daneben benehmen.

„Morgen müsst Ihr das bestätigen, was euch Gott in der Taufe versprochen hat", sagt er salbungsvoll.

Dann schwingt sich der kleine Mann wieder auf sein Zweirad und lässt die Hauptpersonen des kommenden Tages mit unbestimmten Gefühlen zurück.

Dieter wird am nächsten Morgen früher geweckt als sonst. Tante Ella ist überhaupt nicht freundlich, schreit ihn, er solle sofort ins Bad gehen und sich waschen.

„Darf ich ausnahmsweise duschen?" fragt der Konfirmand. Tante Ella ist außer sich.

„Kommt nicht in Frage! Sonntags wird nie geduscht, außerdem ist es zu teuer."

Während der 14jährige sich wäscht, steht die Erzieherin daneben und kontrolliert, dann muss Dieter splitternackt vor ihr und den anderen ins Zimmer huschen und warten, bis die Gestrenge die Festtagskleider bringt.

„Schnell anziehen!" kommandiert sie und bei dem Buben will so gar keine Festtagsstimmung aufkommen.

Als Dieter nun im dunklen Anzug vor ihr steht, befiehlt sie ihm, bei Herrn Hartmann im Kuhstall die Milch abzuholen.

„Aber das geht doch nicht mit dem neuen Anzug", meint Dieter. Die Antwort ist ein Schlag ins Gesicht.

„Du tust, was ich sage, oder es knallt nochmal!"

Dieter geht zum Kuhstall, dort steht schon die Kanne mit der Aufschrift ‚Blaumeisen'. Langsam schleppt er das schwere Ding zurück.

Das Festtagsfrühstück besteht aus warmer Milch mit Haut, Weißbrot mit abgekratzter Butter und drüber gestreutem Zucker.

Dieter kann vor Aufregung nicht essen und bekommt das Weißbrot deshalb in den Mund gestopft. Dann muss er im Flur warten, bis auch alle anderen Kinder der Blaumeisengruppe festlich gekleidet sind für den Kirchgang.

Die Konfirmanden gehen natürlich nicht gleich in die Kirche, sondern versammeln sich nebenan mit dem Pfarrer. Aber was ist denn in den Pfarrer gefahren? So freundlich lächelnd und strahlend hat Dieter ihn noch nie erlebt. Es kann nur daran liegen, dass jetzt viele andere Konfirmanden aus der Stadt dabei sind.

Pfarrer Grauzwerg formiert den Zug zum Gang in die Kirche, ein Fotograf begleitet ab jetzt die gesamte Feierlichkeit. Erhard Hausmann greift in die Tasten und spielt sein schönstes Stück. Dieter liebt die Klänge der Orgel über alles, nur sehen kann er den geschätzten Organisten heute leider nicht.

Plötzlich ein Stechen im Kopf. Starke Kopfschmerzen, Hitzegefühl. Dieter kann dem Gottesdienst nicht mehr richtig folgen, selbst Tante Ellas böse Blicke von der Seite schaffen hier keine Abhilfe. Pfarrer Grauzwerg predigt über den Krieg, so wie immer. Mit letzter Kraft schleppt Dieter sich nach vorn zur Einsegnung, hört nicht, was der Geistliche murmelt, versucht nur, sich irgendwie auf den Beinen zu halten.

Dann endlich das letzte Lied: „In dir ist Freude, in allem Leide", Grauzwerg scheint es speziell für die Heimkinder ausgesucht zu haben.

Und schon ist die Gemeinsamkeit mit den Stadtkindern wieder zu Ende. Fast alle Konfirmanden verlassen feierlich die Kirche, nur die aus dem Heim müssen zu einer anderen Türe hinaus. Ab jetzt würden sie das festliche Bild auf dem schönen Platz vor der Kirche nur stören.

Ganz alleine, mit einer Bibel in der Hand, geht Dieter langsam in Richtung des Heimes. Nicht ganz alleine, schon hat ihn die Erzieherin eingeholt.

„Tante Ella, mir ist so schlecht, ich habe so fürchterliche Kopfschmerzen."

„Stell' Dich nicht so an!" schreit sie und zerrt ihn an den Ohren.

„Schnell nach Hause, wir müssen jetzt in den Speisesaal, Herr Spitzer wird schon warten."

Dieter schafft es noch bis ins Heim und zur Toilette, muss sich ergeben und legt sich mit letzter Kraft aufs Bett. Er weiß, dass er jetzt etwas tut, was nach den Regeln des Heimes eines der schlimmsten Vergehen ist: sich tagsüber aufs Bett zu legen. Er schließt die Augen, die Schmerzen lassen etwas nach. Nicht lange. Die Tür springt auf!

„Sofort raus hier!"

„Ich habe doch solche Kopfschmerzen!"

„Das haben wir gleich!"

Tante Ella schlägt ihm mehrmals mit der flachen Hand ins Gesicht. Dann packt sie Dieter am Ohr und schleift ihn die Treppe hinunter Richtung Speisesaal. Kurz vor dem Speisesaal lässt sie das Ohr los, macht ein feierliches Gesicht und geht mit Dieter in den Speisesaal.

Alle anderen sind schon da. Dieter bekommt einen Ehrenplatz zugewiesen. Als Konfirmand darf er heute an einem besonderen Tisch sitzen. Da sitzt schon Herr Spitzer mit seiner Frau und natürlich auch mit Frau Hartmann. Sogar der Bruder von Herrn Spitzer ist gekommen. Er leitet die Schule des Kinderheims und kommt hier nur an hohen Festtagen zum Essen. Und auch Herr Zwergle sitzt da.

„Das gehört eben auch zu einem christlichen Konfirmationsfest, dass man gerade an diesem Tag seinem Peiniger gegenüber sitzen muss", denkt sich Dieter.

Er kann kaum etwas essen. Gleich nach dem Mittagessen gelingt es ihm zum ersten Male, Herrn Zwergle abzuwehren. Der hat nämlich schon beschlossen, den frisch gesegneten Konfirmanden noch zum Nachtisch zu verspeisen. Dieter gelingt es, auf sein Zimmer zu entwischen, dort schleppt er sich zwischen Bett und Toilette hin und her.

Aber schon wieder ist Tante Ella zur Stelle. Jetzt gibt es nicht nur Schläge ins Gesicht, jetzt gibt es richtig Prügel. Nach einer viertelstündigen Prügelorgie beginnt Tante Ella einzusehen, dass sie den Buben nicht gesund prügeln kann. Sie reibt ihm die Stirne mit einem Kräuteröl ein, so dass er wieder gerade stehen kann, denn sie muss ihn jetzt zum Kaffeetrinken abliefern.

Irgendwie schafft Dieter das und den anschließenden Spaziergang noch. Zurück in den Gruppenräumen wird gebetet und alle Kinder müssen Gott danken für diesen wunderbaren Tag.

„Ich habe immer noch starke Kopfschmerzen", wagt Dieter zu sagen.

„Stell' Dich nicht so an und verschwinde ins Bett", schreit Tante Ella, „Du hast mir eh den ganzen Tag verdorben."

Dieter kommt zurück und bittet darum, den Arzt zu holen. Tante Ella bekommt den nächsten Wutausbruch, zieht noch eine Vertraute aus der Heimverwaltung zu Rate, die dem Buben attestiert, es sei eben die Aufregung dieses wunderschönen Tages.

Am nächsten Morgen ist Dieters Gesundheitszustand dann so bedenklich, dass er umgehend ins Hengstenberger Kinderkrankenhaus eingeliefert wird, nach vielen, vielen Stunden und unzähligen Schlägen.

Diesen Tag wird Dieter nie vergessen. Er wird ihn sein Leben lang in allen Einzelheiten schildern können. Und immer wird er schließen mit den Worten:

„Dies war der Tag meiner Konfirmation bei den Kronberger Fundisten."

20

Abschied

Auch die schönste Zeit geht einmal zu Ende. Auch die schöne Zeit im Kronberger Heim kann nicht ewig dauern. Irgendwann beginnt der Ernst des Lebens. Dieter ist jetzt in dem Alter, in dem man über eine Berufsausbildung nachdenken muss.

Man könnte jetzt den Buben fragen, welchen Beruf er denn gerne erlernen würde. Oder man macht es so wie Frau Frings und Herr Spitzer.

„Der Fritz sucht einen Lehrling", weiß Tante Ella zu berichten.

„Welcher Fritz?" fragt Herr Spitzer.

„Na der Bäcker in Hengstenberg. Und für den Dieter muss ich jetzt eh was suchen, das würde doch passen."

„Ella, Du bist die Beste, auf Dich kann man sich verlassen." Herr Spitzer ist zufrieden.

Aber Dieter möchte nicht Bäcker werden. Er möchte überhaupt nichts werden. Er hat Angst davor, hier wegzugehen. Er kennt nur diesen Ort. Er gehört jetzt zu den Großen, Herr Zwergle hat von ihm abgelassen und er bekommt auch so gut wie keine Schläge mehr. Aber Bäcker werden? Alles, nur das nicht.

Dieter startet eine Verzweiflungsaktion. Er schreibt einen Abschiedsbrief und stellt sich mit dem Strick in der

Hand auf einen Stuhl. Und er macht es so, das natürlich das ganze Heim rechtzeitig zusammenläuft und ihn mit großem Geschrei ins Krankenhaus bringt.

Das Krankenhaus will den jungen Mann nicht lange behalten. Und nach seiner Rückkehr ins Heim wird nun endgültig der Koffer gepackt.

Herr Spitzer hat mit dem Jugendamt auch schon einen hohen Betrag abgerechnet, denn jedem, der das Heim verlässt, steht eine vom Staat bezahlte Erstausstattung zu. Doch Tante Ella und ihr Freund beschließen, dass dieses viele Geld bei Dieter nicht gut angelegt wäre und man es anderweitig sinnvoller verwenden könne. Kontrolliert werden sie von niemandem, da können sich die beiden Betrüger sicher sein, diese Transaktionen sind immer gut gelaufen.

So verlässt Dieter das Heim so, wie er gekommen ist: mit einem einzigen Koffer. Das einzige, was Herr Spitzer noch investiert, ist die Kleidung für den Bäckerlehrling, aber nur in einfacher Ausfertigung. Im Heim trägt man schließlich auch wochenlang dieselbe Kleidung, Herr Zwergle sogar lebenslang.

Dieter ist todunglücklich. Nach kurzer Zeit reißt er aus bei seinem Lehrherrn und geht zum Jugendamt. Dort bettelt er darum, etwas anderes lernen zu dürfen. Die freundliche Betreuerin schreibt ans Kronberger Kinderheim und übermittelt Dieters Wunsch, Krankenpfleger zu werden.

Tante Ella und ihr Chef schreiben postwendend zurück, dass man dringend abrate von diesem Irrsinnsgedanken, dieses Kind sei viel zu instabil für diesen anspruchsvollen Beruf.

Aber nach einigem Warten und vielen Tests gelingt es Dieter, einen Ausbildungsplatz für seinen Traumberuf zu bekommen. So langsam wird ihm klar, warum er sich genau diesen Beruf wünscht.

Er bekommt ein eigenes Zimmer, dort fühlt er sich sicher, niemand stürmt herein und tut ihm etwas Böses. Er spürt, dass die Menschen, die andere pflegen, ihm kein weiteres Leid antun wollen.

Dieter blüht immer mehr auf und es zeigt sich, dass er entgegen den Prognosen sehr belastbar ist. Bei allen anderen Mitarbeitern ist er beliebt und bewältigt alle anstehenden Prüfungen ohne Probleme.

In mehreren Krankenhäusern rund um Hengstenberg macht er seine ersten Berufserfahrungen und wird schon bald für schwierige Rettungseinsätze angefragt.

21

Martins Tod

Einige Jahre sind vergangen. Dieter arbeitet schon als fertiger Krankenpfleger. Eines Tages erreicht in eine schlimme Nachricht.

„Martin ist gestorben!"

Martin, der liebe kleine Freund in den ganzen Jahren. Leicht hat er es nicht gehabt, sein dunkelhäutigen Vater hat ihn zu etwas Besonderem gemacht. Einerseits wurde er gehänselt wegen seines andersartigen Aussehens, andererseits war er ein ganz besonders hübsches Kind. Und so stand er auf der Speisekarte unserer Kronberger Freunde ganz oben.

Franz Zwergle hat ihn schon frühzeitig ‚erzogen' und ihn gelehrt, was Erwachsene in Kronberg von einem hübschen Kind erwarten. Und dann sind sie alle gekommen: zuerst Jeremia Kunz, dann der Herr vom Bahnhof, dann der Herr aus Hengstenberg und noch viele mehr. Und alle hatten sie viel Freude mit dem Buben. Die Kaffeekasse des Heimleiters wollte überquellen von so vielen freiwilligen und gutherzigen Spenden.

Nach der Zeit im Kinderheim hat Dieter den Kontakt zu Martin verloren. Vielleicht will er auch nicht mehr erinnert werden an die gemeinsamen Stunden mit Herrn Zwergle auf der Werkbank im Fahrradkeller. Denn gerne und oft hat sich Herr Zwergle gerade diese beiden Buben ausersehen, um seinen unterirdischen Gelüsten nachzugehen.

Nun ist Martin gestorben, nicht viel mehr als zwanzig Jahre alt. In seinem Abschiedsbrief steht, dass er mit all' dem, was man ihm angetan hat, nicht zurecht gekommen ist. Als man ihn findet, ist er in ein weißes Tuch gehüllt, schon viele Tage lang.

Dieter wohnt jetzt in Hengstenberg und beschließt sofort, den Freund mit zu Grabe zu tragen. Viel zu früh kommt er mit dem Zug in Kronberg an und geht langsam zum Friedhof. Er macht noch einige kleine Umwege und sieht alle Stationen seiner Kinderjahre, die Kirche, das Haus von Herrn Kunz und das Haus von Herrn Füller. Nur um das Kinderheim mit seinen vielen Kellern macht er einen kleinen Bogen.

Endlich ist er am Friedhof angekommen, noch kein Mensch ist da. An der kleinen Kapelle hängt ein Glaskasten mit den Namen der Verstorbenen. Auch Martins Name steht da und die Uhrzeit der Trauerfeier. Noch mehr als eine Stunde. Dieter geht um die Kapelle herum und betritt den Friedhof. Da hinten bewegt sich etwas. Ja natürlich, ein Grab wird ausgehoben. Martins Grab?

Dieters Schritte werden schneller. Ein Mann steht in der fast fertigen Grube und arbeitet fleißig, die Zeit drängt. Obwohl nur der Kopf herausschaut, diesen Mann kennt er, wird er nie vergessen, dieser Mann verfolgt ihn in seinen Träumen.

„Was machst Du denn hier?" entfährt es Dieter.

Der Kopf fährt herum und zeigt das breite Grinsen von Franz Zwergle.

„Ich wusste, dass Du kommst!" lacht er Dieter an.

„Aber was machst Du hier?"

„Das siehst Du doch. Ich schaufle Martins Grab."

Dieter wird es schwindelig. Der ganze Friedhof dreht sich ein wenig, nur Franz Zwergle bleibt eisern auf seinem Platz.

„Ich hab' jetzt keine Zeit zu quatschen, Du siehst ja, ich hab' noch was zu tun hier und bald kommt der Pfarrer. Dann kommt er rein, der Bub, und fertig. Also halt' mich nicht auf."

„Aber wieso schaufelst Du das Grab?"

„Naja, wenn's klemmt, fragt man halt den Franz. Einer ist krank, der andere im Urlaub, da haben sie eben mich geschickt. Da hat sich der Martin einen ungeschickten Zeitpunkt ausgesucht, jetzt hab' ich das auch noch an der Backe."

Dieter wendet sich ab und geht langsam zur Kapelle. Und da kommt schon der Pfarrer, auch Tante Ella biegt um die Ecke. Sie wohnt jetzt nicht weit vom Friedhof, da ist sie schneller bei ihren Schützlingen. Martin ist ja nicht der erste, der den Freitod gewählt hat, um diesem Leben zu entkommen.

Der Rest ist schnell erzählt. Der neue Pfarrer – Herr Grauzwerg ist ja schon im Ruhestand – ist ein großer stattlicher Mann, der sich kurz und bündig seiner Pflicht entledigt. Dann wird der Sarg hinausgeschafft, am Grab gibt es noch ein Vaterunser und schon darf Franz Zwergle die Grube wieder zuschütten.

Er hat es eilig, denn im Kinderheim warten viele kleine und höchst lebendige Kinder auf ihn, denen er noch heute erklären will, wie und wo man ein Fahrrad repariert.

Dieter steht noch am Grab. Er hat eine schöne Blumenschale mitgebracht. Erst viel später wird er begreifen, wie feinsinnig es doch ausgedacht ist, denjenigen, der den armen Martin ins Grab gebracht hat, dieses auch ausheben zu lassen.

Und Gott schaut wieder weg.

22

Finale

Vor etwa dreißig Jahren fährt eine große Limousine auf den Hof des Krankenhauses. Es ist kein normales Krankenhaus, sondern der Aufenthaltsort psychisch kranker Menschen. Man fährt von Kronberg aus durch die nahe gelegene Residenzstadt Hengstenberg. Gleich hinter Hengstenberg sieht man schon die ersten Hügel. Nun ist es nur noch eine Viertelstunde bis zu dem Ort, an dem Herr Zwergle nun untergebracht ist.

Aus dem großen Wagen steigen drei Herren. Die Luft ist kühl, ein wenig Nebel liegt in der Senke neben der großen Heilanstalt. Die Herren wirken etwas steif in ihren langen Mänteln. Sie schlagen den Kragen hoch und drücken sich die steifen Hüte tiefer ins Gesicht, als wollten sie nicht erkannt werden.

Ohne große Hast gehen sie in das Hauptgebäude. Niemand empfängt sie dort, sie scheinen den Weg zu kennen, gehen zwei Treppen nach oben und den langen Flur entlang. Vor der letzten Türe verharren sie einen Moment, schauen sich an, als wollten sie sich nochmals einer Sache versichern. Der erste klopft leise an die Zimmertüre. Ohne eine Antwort abzuwarten, drückt er die Klinke. Bevor sie im Zimmer verschwinden, schauen sie nochmals prüfend den langen Flur entlang. Kein Mensch ist zu sehen.

Herr Zwergle dreht sich auf seinem Stuhl um und springt überrascht auf.

„Sie hier? Was machen Sie hier?"

„Machen Sie doch keinen solchen Lärm", sagt der erste Besucher mit einem steifen Lächeln. „Wir hoffen, Sie freuen sich über unseren Besuch!"

„Ja schon", stammelt Zwergle, „aber ich habe Sie gar nicht erwartet."

„Unerwartete Besuche können doch auch eine freudige Überraschung sein", meint der zweite. Dabei schaut er Herrn Zwergle gar nicht an, sondern holt den zweiten Stuhl heran, den es im Zimmer noch gibt.

„Wollen Sie nicht ablegen, draußen hat es auch noch mehr Stühle!"

„Nicht nötig", sagt der dritte, „sehr lange werden wir nicht bleiben."

„Setzen Sie sich erst einmal wieder hin", sagt der erste und Zwergle gehorcht sofort. „Es ist doch alles gut gegangen, Sie müssen keine Angst mehr haben, es wird kein Gerichtsverfahren geben. Die Polizei hat nichts mitbekommen."

Zwergle sinkt erleichtert auf dem Stuhl zusammen und seufzt erleichtert. Der erste Besucher setzt sich zu Herrn Zwergle an den Tisch, der zweite bleibt an der Türe stehen und der dritte betrachtet prüfend das Fenster. Draußen beginnt es zu dämmern. Hinter den hohen Fensterflügeln sieht man ein Gitter.

„Wir haben Ihnen etwas mitgebracht", sagt der Herr am Tisch und hat dabei wieder dieses sonderbare Lächeln im Gesicht. „Wir haben lange überlegt, wie wir Ihnen eine Freude machen können. Mein Kollege", er deutet auf den Herrn am Fenster, „also mein Kollege hat da immer die besten Ideen. Im Keller unter dem Heim hat er in Ihrem kleinen Fass noch einen Schnaps gefunden, Sie wissen schon, den guten, der schon lange liegt und besonders gut schmeckt."

„Aber hier darf man doch keinen Alkohol . . ."

„Machen Sie sich da mal keine Sorgen, niemand wird etwas bemerken." Er zieht einen Flachmann aus der Manteltasche und öffnet ihn langsam, fast zu langsam, Herr Zwergles Augen starren auf diese freudige Überraschung, zu lange hat er solch eine Wohltat entbehren müssen.

Schon hat Herr Zwergle das Fläschchen in der Hand, der Duft seines Obstschnapses kommt ihm schon entgegen und er nimmt einen großen Schluck.

„Wollen Sie auch mal?" Sein altes Grinsen ist wieder da, mit diesem Getränk fällt alles von ihm ab, was ihn in den letzten Wochen so bedrückt hat.

„Nein danke!" lächelt sein Gegenüber, „das wäre ja noch schöner, wenn wir Ihnen Ihr Lieblingsgetränk auch noch streitig machen wollten." Die Worte kommen etwas steif daher und Herr Zwergle wundert sich schon über diese ungewohnte Förmlichkeit, so kennt er diesen Mann gar nicht.

„Trinken Sie nur, wir haben Zeit", die Stimme kommt von der Türe, „wenn Ihnen das schmeckt, besorgen wir Ihnen noch mehr davon, das Fässchen ist noch gut gefüllt.

Nun gibt es für Zwergle kein Halten mehr. Er ist schon immer ein geübter Trinker und eine solche Menge macht ihm normalerweise nichts aus. Aber heute ist es anders. Er hat wohl zu lange nichts mehr so Starkes getrunken, denkt er sich, „wie schnell man nichts mehr verträgt, wenn man aus der Übung kommt."

„Also . . .", aber die Zunge versagt ihren Dienst, Zwergle fällt fast vom Stuhl. Der Herr, der eben noch an der Türe stand, steht jetzt hinter dem Stuhl und stützt den armen Trinker. Sein Gegenüber hat das Fläschchen aufgefangen und eingesteckt, bevor es auf den Boden fallen und unnötigen Lärm verursachen könnte. Der dritte steht am Kleiderschrank und zieht langsam den Gürtel aus dem Bademantel.

Der erste nimmt seinen Stuhl und stellt ihn leise und vorsichtig zum Fenster. Herr Zwergle ist nicht mehr bei Bewusstsein. Vier starke Arme tragen ihn zum Fenster, derweil der Gürtel schon am Fensterkreuz befestigt ist. Es scheint nicht die erste Schlinge zu sein, die der dritte Herr geknüpft hat. Der steigt jetzt vom Stuhl und legt ihn so zu Boden, wie er liegen würde, wenn ein Selbstmörder ihn umgestoßen hätte.

Der Rest ist schnell erledigt. Alles, was die Herren berührt haben, wird sorgfältig abgewischt, beim Hinausgehen auch der Türgriff. Ganz langsam und ohne Hast gehen die drei Herren die Treppe hinunter, durch die große Eingangshalle und hinaus auf den Hof. Die Limousine setzt sich wieder in Bewegung.

„Ich habe kein gutes Gefühl."

„Mach Dir keine Sorgen."

„Wenn ihn jetzt jemand findet?"

„Es wird ihn erst morgen früh jemand finden."

„Bist Du sicher?"

„Na klar, war ja auch teuer genug. Der Pfleger schaut erst morgen früh nach ihm."

„Und der Arzt?"

„Es wird keine Obduktion geben. Es wird keine Fragen geben, nur noch ein schlichtes Begräbnis."

„Und wenn doch jemand anfängt zu reden?"

24

Luft holen

Es ist schon weit nach Mitternacht. Dieter Z. hat seine Erzählung beendet. Mir ist ganz schwindelig vom Zuhören, oder ist es die schlechte Luft im Zimmer? Ich öffne das Fenster und genieße es, wie die kühle Nachtluft hereinströmt und die muffige Luft vertreibt. Diese schlimme Geschichte will sie nicht vertreiben, die liegt wie Blei auf uns beiden.

„So, Herr Z., jetzt ist es aber an der Zeit zu schlafen, Sie werden nicht wieder gesund, wenn wir uns hier weiter die Nacht um die Ohren schlagen. Ich werde jetzt nochmals Puls und Blutdruck kontrollieren. Brauchen Sie sonst noch etwas?"

Mein Patient schüttelt den Kopf.

„Vielen Dank, dass Sie mir überhaupt zugehört haben. Das hat mir richtig gut getan. Ich habe das lange nicht erlebt, dass mir jemand so viel Aufmerksamkeit schenkt."

„Gern geschehen, und nun gute Nacht!"

Schnell verlasse ich das Zimmer und schaue nach den anderen Patienten. Alles ist ruhig, alle schlafen und ich kann mich endlich den schriftlichen Sachen zuwenden.

Doch es fällt mir schwer, mich zu konzentrieren. Diese Geschichte, die ich eben gehört habe, will mir nicht aus dem Kopf.

„Wenn er sich das alles nur ausgedacht hat?"

Der Gedanke lässt mich nicht los und ich beschließe, der Sache auf den Grund zu gehen, sobald ich ein paar Tage frei habe.

Am nächsten Morgen erwartet mich das fröhliche Gesicht von Dieter Z., sein Zustand ist stabil und man wird ihn bald entlassen können.

„Hoffentlich habe ich Sie nicht zu sehr schockiert mit meinen Erinnerungen", fragt er mich vorsichtig.

„Aber nein, ganz im Gegenteil, Ihr Bericht hat mein Interesse geweckt. Natürlich ist es schockierend, was Sie mir da erzählt haben. Ich frage mich nur, wieso noch niemand über diese Zustände berichtet hat. Ich kann mich nicht erinnern, etwas in der Zeitung gelesen zu haben."

„Ach wissen Sie, das ist eine geschlossene Gesellschaft. Nichts dringt da nach draußen. Ein paar Leute haben es wohl schon versucht, aber man hat sie sofort der Lüge bezichtigt, ihnen Klagen und Strafanzeigen angedroht und sie einfach rausgeschmissen. Und von außen hat niemand etwas erfahren."

„Aber Kronberg ist doch ein kleiner Ort, kann man ein Kinderheim dort so abschotten?"

„Ich kann Ihnen nur sagen, dass es so war. Aber erkundigen Sie sich doch selbst in Kronberg, fahren Sie einfach mal rüber, in einer Viertelstunde sind Sie dort."

Auf dieses Stichwort hatte ich gewartet.

„Wo geht man denn hin in Kronberg, wenn man etwas über die Leute erfahren will? Gibt es da eine gemütliche Kneipe?"

Dieter Z. grinst über beide Ohren:

„Ich merke schon, Sie kennen diesen Ort überhaupt nicht. Kneipen gibt es dort so gut wie nicht, und die Leute, die Sie vielleicht treffen wollen, die würden niemals einen so sündigen Ort aufsuchen. Nein, nein, da gehen Sie am besten in den Supermarkt oder setzen sich davor, da gibt es Bänke, dort stehen die Leute und reden."

„Das werde ich machen, sobald ich mal Zeit habe. Jetzt wünsche ich Ihnen alles Gute. Und Sie müssen mir versprechen, nie wieder so dumme Sachen zu machen!"

Ich drücke ihm die Hand und er verspricht mir hoch und heilig, keine weiteren Suizidversuche zu unternehmen.

„Ich werde mich jetzt selbst um die Aufklärung dieser schlimmen Sachen in Kronberg kümmern, ich muss mein Leben wieder zurückbekommen", sagt er mutig und schüttelt mir nochmals die Hand.

25

Fast vergessen

Ich bin natürlich nicht nach Kronberg gefahren. Neue Patienten, die eigene Familie und vieles andere haben mich die Geschichte von Dieter Z. fast vergessen lassen.

Doch dann geschieht es: das Hengstenberger Tagblatt bringt einen großen Bericht über Kronberg, mitten drin ein großes Bild von Dieter Z.

Ich bin sofort elektrisiert. Dann hat dieser Mann wohl tatsächlich etwas unternommen, ja, da steht es:

„Millionenklage gegen die Kronberger Fundisten. Das frühere Heimkind Dieter Z. klagt auf Entschädigung."

Unglaublich, es ist das wohl erste Mal, dass sich die Öffentlichkeit dieser Sache annimmt. Weitere Berichte folgen, die Kronberger Fundisten setzen sich zur Wehr. Dieter Z. wird öffentlich der Lüge bezichtigt, er wolle eine schmutzige Kampagne gegen diese Gemeinde lostreten, er hätte nur im Sinn, den guten Ruf anständiger Leute zu beschädigen. Gleich zwei Anwälte wollen den Nachweis führen, dass sowieso alles verjährt ist.

Jetzt ist mein Interesse endgültig geweckt. Wieso muss man beweisen, dass etwas verjährt ist, was angeblich gar nicht der Wahrheit entspricht? Haben die Fundisten sich jetzt verraten? Kann eine Lüge auch verjährt sein? Ist das mehr eine theologische Frage? Oder eine moralische?

Oder gibt es doch Menschen, die Angst vor der Wahrheit haben?

Ich rufe Dieter Z. an.

„Da staunen Sie", ruft er ins Telefon, „da staunen Sie, was ich hingekriegt habe. Also nicht ganz allein. Ich habe einen Anwalt gefunden, der mich unterstützt."

Wir beschließen, uns auf ein Bier zu treffen. Gleich morgen. Aber bestimmt nicht in Kronberg, lieber in Hengstenberg.

Ein fröhlicher Dieter Z. kommt durch die Türe der kleinen Kneipe. Kein Vergleich mit dem Beinahe-Selbstmörder von damals. Aber die Situation ist der damaligen doch ähnlich: Dieter erzählt, ich höre zu. Und er hat schon wieder viel erlebt. Zuerst hatte er sich bei den Fundisten gemeldet und um einen Gesprächstermin gebeten.

„Wie haben sie Dich empfangen?" frage ich ihn, wir sind schon längst beim Du.

„Rate mal", sagt Dieter, „wo diese Brüder mich empfangen haben. Du wirst es nicht glauben. Sie bestellten mich ins Kinderheim, und zwar in die früheren Räume der ‚Blaumeisen', dorthin, wo ich zehn Jahre lang verprügelt wurde."

„Das scheint ja System zu haben", erwidere ich und höre ihm weiter zu. Man hat sich bei Dieter entschuldigt für erlittenes Unrecht, hat ihm gar eine Entschädigungszahlung in Aussicht gestellt. Nur, diese Zahlung wollte und wollte nicht erfolgen, teilweise gab es sogar wüste Beschimpfungen am Telefon.

„Dann ist mir der Kragen geplatzt und ich bin zum Anwalt gegangen. Jetzt sind alle erschrocken und wissen nicht so recht, was zu tun ist. Gleich zwei Anwälte haben sie aufgeboten, darunter einen Spezialisten für Verjährungsfragen."

„Könnte es nicht sein", werfe ich ein, „dass es bei den Fundisten Leute gibt, die es auf diese Eskalation angelegt haben, damit alles endlich an die Öffentlichkeit kommt? Es hat ja offensichtlich kein Interesse gegeben, sich mit Dir im Stillen zu einigen."

„Daran habe ich auch schon gedacht", antwortet Dieter, „aber eigentlich ist mir das jetzt egal. Es muss sowieso alles an die Öffentlichkeit, es ist höchste Zeit, viele meiner Leidensgenossen leben schon nicht mehr."

„Wir sollten ein Buch schreiben über Deine Erlebnisse, was meinst Du?

„Machen wir", Dieter schlägt ein und wir geloben, uns baldmöglichst wieder zu treffen.

26

Vor dem Supermarkt

Kaum bin ich zuhause, fällt mir wieder ein, dass ich damals unbedingt nach Kronberg fahren wollte, richtig, vor dem Supermarkt wollte ich den Leuten dort zuhören.

Gesagt, getan. Schon bin ich dort und stelle fest: die wichtigste öffentliche Einrichtung in Kronberg ist tatsächlich der Supermarkt. Mitten im Ort gelegen dient er nicht nur der Versorgung der Bevölkerung, sondern ist auch ein beliebter Treffpunkt. Viele Kronberger Bürger haben es sich längst angewöhnt, immer nur das Notwendigste zu kaufen, um einen Grund zu haben, diesen Ort möglichst an jedem Tag aufzusuchen.

Schon vor dem Eingang sieht man kleinere und größere Grüppchen von Menschen stehen, in eifrige Gespräche vertieft. Manchmal muss man regelrecht Slalom laufen, um ins Ladeninnere zu gelangen, denn gleich hinter der Eingangstüre versperren weitere Menschentrauben den Weg.

Die Erklärung für dieses Verhalten ist schnell gefunden: Kronberg besitzt keine eigene Tageszeitung. Das Hengstenberger Tagblatt hat nicht einmal eine eigene Seite für das kleine Kronberg eingerichtet. So hat fast jeder Kronberger Bürger, der überhaupt noch eine Tageszeitung liest, ein anderes Blatt abonniert, und es gibt niemanden im Ort, der wirklich umfassend informiert wäre. Da bleibt nur der Gang zum Supermarkt, will man auf dem Laufenden bleiben.

Besonders im Sommer empfiehlt es sich, einfach vor der Ladentüre die draußen aufgebauten Angebote zu betrachten oder auf eine Bank zu sitzen und einfach nur zuzuhören, was ringsum gesprochen wird.

„Hast Du das gelesen?"

„Was?"

„Na gestern, im Hengstenberger Tagblatt!"

„Ich habe doch nur eine Wochenzeitung abonniert, also erzähl' schon!"

„Hier im Kinderheim soll es Missbrauch gegeben haben."

„So so, hat einer Geld aus der Kasse genommen?"

„Nein, es sollen Kinder missbraucht worden sein."

„Das kann ich nicht glauben. Und wenn, dann will ich das gar nicht wissen. Wann soll das denn passiert sein?"

„Also einen solchen Vorfall soll es vor vierzig Jahren gegeben haben."

„Wie bitte? Vor vierzig Jahren? Und wer hat das jetzt wieder ausgegraben? Irgend so ein Schreiberling?"

„Nein, nein, da hat einer geklagt, auf Entschädigung. Der will über 'ne Million."

„Über eine Million? Der spinnt wohl! Und wieso kommt der erst jetzt daher, nach vierzig Jahren?"

„Das frage ich mich auch."

„Und wer soll das bezahlen?"

„Die Fundisten."

„Haha, Geld haben die ja genug, aber eine Million ist trotzdem kein Pappenstiel. Hat der Typ denn überhaupt Beweise?"

„In der Zeitung stand, er hätte jede Menge Zeugen."

„Nach so langer Zeit?"

„Es scheinen wohl noch viele zu leben, die damals dort gearbeitet haben. Und dann hat er einige Kumpels, die mit ihm zusammen im Heim waren."

„Und was sagen die Fundisten?"

„Die sagen, der Typ lügt, das sei alles erfunden. Der Anwalt der Fundisten hat der Zeitung gesagt, das ‚sei alles Käse'."

„Die Fundisten haben schon einen Anwalt? Dann scheint es aber doch was Ernstes zu sein."

„Das denke ich mittlerweile auch. Es kam ja schon ein paar Mal in der Zeitung. Und im Fernsehen kam auch schon ein Bericht."

„Ich habe überhaupt noch nichts mitbekommen. Na ja, die Kronberger wird das alles nicht wirklich interessieren."

„Das stimmt nicht ganz, es hat sich schon so eine Art Bürgerinitiative gebildet, die das alles aufklären will."

„Na, dann sollen diese ‘Initiativler' sich mal warm anziehen."

„Wie meinst Du das?"

„Also Du kennst mich ja, ich bin bestimmt nicht erschrocken, aber mit den Fundisten würde ich mich nicht anlegen."

„Vor was hättest Du Angst?"

„Ist so ein Gefühl. Und wenn da jemand nachforschen will, wird er sowieso nicht weit kommen. Da sagt doch keiner was, selbst wenn er was wüsste."

„Das sehe ich anders. Wenn jemand was wüsste, müsste er es doch sagen."

„Du glaubst wohl an das Edle im Menschen. Aber was hätte ein möglicher Informant davon, sein Wissen preiszugeben? Mit dem redet dann keiner mehr. Verräter zahlen immer einen hohen Preis."

„Wenn es wirklich etwas zu verraten gibt."

„Ich kann auch nicht glauben, dass da wirklich was passiert ist. Vielleicht will nur jemand den Fundisten an den Karren fahren. Wahrscheinlich ist es nur Neid."

„Wieso Neid?"

„Weil es bei den Fundisten so gut läuft. Das erweckt Neid. Und jetzt meinen manche, da gäbs auch was zu holen."

„Aber wenn's schon so groß in der Zeitung steht?"

„Die Zeitung könnte ja auch mal über was Positives berichten, doch die warten immer nur auf den nächsten Skandal."

„Das stimmt. Aber interessieren tut's mich schon, wie die Geschichte weitergeht . . ."

Nachdem ich noch mehrere solche Gespräche mitbekommen habe, rufe ich Dieter an und berichte das Gehörte.

„Das sind die üblichen Meinungen, die Leute sind eben etwas verunsichert. Aber mittlerweile haben sich schon fünfzig Leute gemeldet, die misshandelt worden sind. Die Liste der Täter wird auch immer länger. Ich denke, diese Geschichte ist noch viel größer, als wir zu Beginn ahnen konnten."

Jetzt bin ich richtig fasziniert von der Spurensuche und beschließe, mich aus erster Hand zu informieren, am besten bei denen, die mir als Täter bekannt sind.

Herr Zwergle ist auch sofort zu einem Gespräch bereit.

27

Interview mit Herrn Zwergle

Wie vereinbart treffe ich Franz Zwergle kurz nach Mitternacht auf dem Kronberger Friedhof. Ein etwas mulmiges Gefühl habe ich schon, als ich den stillen Ort betrete.

Die Tür ist angelehnt. Ich gehe um die Feierhalle herum und schon sehe ich meinen Gesprächspartner, angelehnt an die Rückwand des Gebäudes.

Um meine Unsicherheit zu überspielen, versuche ich es mit einer launigen Begrüßung:

„Hallo Herr Zwergle, für einen Toten sehen Sie aber noch gut aus."

Zwergle erwidert meinen Gruß. Mir fällt auf, dass seine rechte Hand fehlt und ich meine, die Reste einer blauen Arbeitshose zu erkennen.

„Außer Ihrer rechten Hand ist ja fast alles noch zu sehen!"

„Ja, ja, die rechte Hand, die musste sofort verfaulen, war ja auch die schlimme Hand."

„Wieso schlimm?"

„Na mit der hab' ich ja alle die Sachen gemacht, Sie wissen schon."

„So genau weiß ich das noch nicht, aber deshalb bin ich doch hergekommen."

„Was genau wollen Sie denn wissen?"

Zwergle wird nervös und klappert mit Elle und Speiche, für mich als Krankenpfleger ein faszinierender Anblick.

„Was hat Sie denn dazu getrieben, mit den Kindern im Heim so schlimme Sachen zu machen?"

„Ich hab' doch nur das gemacht, was die früher mit mir auch gemacht haben."

„Wollen Sie damit sagen, dass nicht nur während Ihrer Zeit als Hausmeister solche Dinge passiert sind, sondern schon viele früher?"

„Früher und später. Die Leute nach mir haben dann auch gleich so weiter gemacht."

„Hat niemand etwas davon bemerkt im Kinderheim?"

„Was soll jetzt diese Frage?"

„Ja wissen Sie, wenn man heute die Menschen fragt, die schon zu Ihrer Zeit dort gearbeitet haben, dann sagen alle, sie hätten nichts von Ihrem Tun bemerkt."

Zwergle bricht in schallendes Gelächter aus. Bevor sein Kiefer ganz zu Boden fällt, fängt er ihn mit unglaublicher Geschicklichkeit wieder auf und hängt ihn ein. Vor Lachen hält er sich den nicht mehr vorhandenen Bauch.

„Niemand hat etwas bemerkt, dass ich nicht lache. Wenn ich müde war und deshalb den Schraubenzieher genommen habe, dann musste die Frings denen hinterher Watte reinstecken, da hat's nämlich schon mal geblutet. Die Kinder waren ihr egal, sie hatte immer nur Angst um ihre Bettwäsche und dass man das Blut nicht mehr rausbekommt. Und die, die aus dem Kuhstall kamen und gestunken haben, die mussten doch immer mit mir baden. Da hab ich immer dieses Schaumbad reingemacht. Die Jungs haben hinterher geduftet wie die Veilchen. Obwohl sie angeblich aus dem Kuhstall kamen! Alle haben es gewusst. Der Füller hat sogar Wache geschoben, wenn ich mit den Jungs in der Wanne saß."

„Und niemand ist eingeschritten?"

„Die hatten alle Angst vor dem Spitzer. Wir beide waren schließlich in der gleichen Kompanie, die mit den zwei Zacken, Sie wissen schon. Wir haben damals schon aufgeräumt. Wenn die Panzer durch waren, dann kamen wir. Der Chef hat gesagt, wer weg muss, in die Waggons. War nicht wirklich schön, diese Zeit."

„Reden Sie hier von Kriegsverbrechen?"

„Ein Verbrechen war das nicht, war ja ein Befehl."

Zwergle klappert jetzt mit allen Knochen.

„Und nach dem Krieg kamen Sie dann wieder nach Kronberg?"

„Nicht gleich, erst musste ja mal der Spitzer abtauchen, der war ja mehr bei den Chefs gewesen. Und dann hat er so nach und nach seine Leutchen wieder geholt, zuerst den Füller, der die Zivis rund machen musste."

„Ich muss nochmal fragen: wieso ist niemand eingeschritten bei Ihren Schweinereien?"

Diese Frage scheint meinen Gesprächspartner sehr zu amüsieren.

„Ich musste doch die Kinder vorbereiten, die wurden ja dann von den Anderen auch noch gebraucht."

„Welche Anderen?"

„Na alle die, die bezahlt haben. Das heißt, es hat natürlich niemand bezahlt, es waren immer Spenden."

„Wer hat das Geld bekommen?"

„Alle haben was bekommen, also natürlich die, die mitgeholfen haben. Und wir haben das Geld dringend gebraucht. Die Frings musste ihr Hütte bezahlen, der Spitzer hat auch dauernd gebaut und immer ´ne große Karre gefahren. Und die Pferde, dauernd musste wieder eins gekauft werden."

„Und alle haben dicht gehalten?"

„Naja, jeder wusste vom andern so viel, dass wir im Zweifelsfall alle aufgeflogen wären."

„Und die jüngeren Mitarbeiter? die ohne Vergangenheit?"

„Hahaha!"

Der Kiefer flog wieder aus seiner Halterung.

„Die hatte der Spitzer voll im Griff. Wenn da einer nicht gespurt hat, die hat er angeschrien: kommt in die Personalakte! Ich versau Dir Deine Karriere! Du brauchst Dich gar nirgends anders zu bewerben, ich kenn die alle!"

Mir war schon längst eiskalt geworden.

„Gestatten Sie mir noch eine persönliche Frage: warum ist Ihre Verwesung so wenig fortgeschritten?"

„Weil die Sachen noch nicht aufgeklärt sind, sagen die."

„Wer sind die?"

„Na diese Stimmen." Zwergle spricht jetzt leiser und schaut sich vorsichtig und fast ängstlich um, wie wenn er befürchtet, es würde noch jemand zuhören.

„Sagen diese Stimmen noch mehr?"

Zwergle wackelt mit dem Kopf und deutet an, dass dies nun eine wirklich dumme Frage ist.

„Die sagen mir, was zu tun ist, wie früher der Spitzer. Nachher, wenn wir hier fertig sind, muss ich ein paar Leutchen im Traum erscheinen."

„Welchen Leutchen?"

„Heute ist wieder mal die Frings dran, bei der geht es gerade rund, die schläft so gut wie gar nicht mehr. Kaum klappt sie die Augendeckel runter, kommt schon der erste Schmerzensschrei. Also einer von damals. Die gibt es alle noch."

Zwergle flüstert jetzt: „Nichts geht verloren, sagen die Stimmen."

Mir ist noch kälter geworden.

„Noch eine Frage, Herr Zwergle: wie kamen Sie denn eigentlich zu Tode?"

Zwergle zögert einen Moment: „Das erzähle ich Ihnen nicht, also nicht heute, die Zeit ist jetzt um für mich."

Zwergle fummelt an seinem Kiefer herum und sagt dann noch:

„Schreiben Sie doch alles auf. Erst wenn es alle wissen, hab' ich noch 'ne Chance auf meine Ruhe."

„Stimmt es, dass Sie dem Martin, der sich wegen Ihnen umgebracht hat, dann selbst das Grab geschaufelt haben?"

„Das war ein verrückter Typ, der Martin. Hat sich in ein weißes Laken gewickelt, bevor er sich den Rest gegeben hat. Naja, da war halt der Kollege nicht da, an dem Tag, dann haben sie mich geholt zum Graben, einer musste es doch machen. Aber das war 'ne schöne Beerdigung, die Beerdigungen waren immer schön, außer meiner, ist doch 'ne Sauerei."

„Und Sie konnten danach ruhig schlafen?"

„So eine blöde Frage, natürlich konnte ich ruhig schlafen, der konnte ja nichts mehr über mich erzählen."

Zwergle lacht wieder, aber den Kiefer behält er jetzt in der Hand, blitzschnell springt er in seine Kiste und klappt den Deckel zu.

Der Fetzen einer blauen Arbeitshose liegt vor mir auf dem Boden. Einen Moment überlege ich, ihn mitzunehmen, aber ich bringe es nicht über mich, ihn anzufassen.

Nachdenklich verlasse ich den Kronberger Totenacker und eile nach Hause. Trotz der nächtlichen Stunde mache ich mir dort noch einige Notizen.

Gleich am nächsten Tag versuche ich, Ella Frings ausfindig zu machen.

28

Interview mit Ella Frings

Es ist nicht leicht, einen Termin bei Frau Frings zu bekommen. Schließlich gehört sie zu den gut Situierten in
Kronberg. Sie hat sich ihr Leben lang so viel vom Munde
abgespart, dass sie sich, trotz ihres schmalen Erzieher-
gehalts, ein respektables Wohneigentum schaffen konnte,
und das im teuren Kronberg.

Sie empfängt mich mit einem lauernden Blick und führt
mich zur Essecke mit Blick auf den Park. Ein altmodi-
sches Kaffeeservice mit zwei kleinen Tässchen steht da.
Der Kaffee ist nur noch lauwarm. Sie hat schon gewartet.

„Was wollen Sie überhaupt von mir?" fragt sie mich ohne weitere Umstände.

„Ich sagte Ihnen doch schon am Telefon, das ich diesen Dieter Z. als Patienten hatte. Sie waren seine Erzieherin?"

„Natürlich war ich das. War ein schwieriges Kind. Kam
schon völlig gestört ins Heim."

„Wie alt war er da?"

„Gerade mal drei Jahre."

„Kann man in dem Alter schon feststellen, dass ein
Kind gestört ist, wie Sie es ausdrücken?"

Na klar! Erstens kommen zu uns eh nur Gestörte, sagt
Herr Miesfeld, und zweitens steht das ja in den Akten!"

„Wer hat das da reingeschrieben?"

„Wir haben das reingeschrieben, wer denn sonst, auch das mussten wir noch machen, den ganzen Tag und die ganze Nacht auf die Bande aufpassen und dann noch die Akten führen. Ich musste viel leisten in meinem Leben, aber das wurde kaum gewürdigt. Soll ich Ihnen mal eine alte Gehaltsabrechnung zeigen?"

„Haben Sie deshalb versucht, noch etwas dazu zu verdienen?"

„Was soll diese Frage?"

„Es heißt, Sie hätten sich am Eigentum Ihrer Schützlinge bereichert, das Taschengeld, die Aussteuer gemopst, neue Kleider und Spielsachen verkauft."

„Alles gelogen, Sie können nichts beweisen. Und außerdem wäre es verjährt!"

Frau Frings lächelt jetzt zum ersten Mal.

„Damit kommen Sie nicht durch!"

„Aber Sie haben doch nagelneue Kleider, die das Jugendamt bezahlt hatte, in Pakete gestopft und weggeschickt."

„Na und? Diese ungezogenen Kinder hätten sie doch nur gleich wieder kaputt gemacht, so wie die Spielsachen. Ist es da nicht gerecht, wenn diese Sachen Kindern zu Gute kommen, die sorgfältig damit umgehen?"

„Aber es war doch das Eigentum der Kinder im Heim?"

„So ein Quatsch! Diese Kinder waren mein Eigentum. Meine Zeit haben sie gestohlen, meine Nerven ruiniert und jetzt kommen sie daher, dreißig Jahre später, und wollen auch noch meinen guten Ruf ruinieren! Unglaublich! Ich wollte immer nur das Beste für diese Kinder, ich wusste immer, was das Beste ist für sie!"

„War es dann auch das Beste für Ihre Schützlinge, sie solchen Leuten wie Herrn Zwergle oder Herrn Kunz für diese Schweinereien zur Verfügung zu stellen?"

„Jetzt kommen Sie mir auch noch moralisch, das fehlt grade noch. Diese Kinder waren von Grund auf verdorben, kamen aus schlechten Familien, die wären doch früher oder später sowieso auf die schiefe Bahn geraten. Hätte ich das aufhalten sollen? Der Zwergle und der Kunz hatten so viel Freude an den Kindern, zumindest haben die mir das immer gesagt."

„Ich weiß ganz sicher, dass Kinder hilfesuchend zu Ihnen kamen, weil diese Männer so schreckliche Sachen mit ihnen machten!"

„Die Kinder haben immer gelogen. Die lügen auch noch heute. Die wollen nur Geld! Damals wollten sie das Taschengeld, heute wollen sie Entschädigungen. Für was eigentlich? Und sagen Sie mir nichts gegen den Kunz und den Zwergle. Das waren großzügige Leute. Immer wieder haben sie mir was zugesteckt. Sonst hätte ich heute die schöne Wohnung nicht." Frau Frings lächelt schon zum zweiten Mal.

„Und die Mädchen, die bei Herrn Füller übernachten mussten? Sogar mit fremden Männern?"

„Die haben doch Geld bekommen! Fünf Mark haben die bekommen, diese Flittchen, fünf Mark, und das jedes Mal. Mich hat nie einer gefragt, ob ich fünf Mark verdienen will."

„Kamen Sie nie auf die Idee, dass hier Dinge passieren, die verboten, womöglich kriminell sind?"

„Jetzt hören Sie doch endlich auf! Pfarrer Grauzwerg sagte jeden Sonntag, dass man mit Gott im Reinen sein muss und nicht mit den Menschen. Sie haben keine Ahnung, wie sehr zum Beispiel Herr Zwergle selbst darunter gelitten hat, dass er die Kinder so liebte. Sein ganzes Leben lang musste er mit dieser Sünde leben. Das ist doch Strafe genug. Und zum Schluss hat er sich umgebracht, der Arme. Haben Sie mit ihm gar kein Mitleid? Und außerdem haben das damals alle so gemacht, was hätte denn ich als kleine Angestellte dagegen tun können? Jeder muss sehen, wo er bleibt. Und was die Kinder angeht, da werden Sie jetzt bitte nicht sentimental, die haben gekriegt, was sie verdienen."

Meine Hände sind kalt, der Kaffee ist kalt, alles ist kalt in dieser Wohnung und ich verabschiede mich.

29
Schlusswort

Dieter Z. hat mittlerweile keine Suizidgedanken mehr, sondern widmet sich ganz der Aufklärung seiner Vergangenheit. Viele andere Betroffene haben sich ihm angeschlossen und ein lebendiges Netzwerk ist entstanden, sehr zum Ärger einiger Leute in Kronberg, die schon zu hoffen glaubten, dass endgültig Gras gewachsen sei über die vielen Verbrechen, die in dieser Stadt geschehen sind.

Walter Spitzer lebt nicht mehr. Für seine Verdienste um die Kronberger Kinder hat er noch einen hohen Orden verliehen bekommen. Über die vielen Liegenschaften, die er trotz seines bescheidenen Gehaltes auf merkwürdige Weise erworben hat, freuen sich heute die Erben.

Jeremia Kunz ist Walter Spitzer auch schon nachgefolgt. Sein Andenken wird sehr hoch gehalten in Kronberg, zumindest ist dies auf einer Ehrentafel zu lesen, die eigens im neuen Tempel angebracht ist. Ohne dass es offiziell ist, redet man in Kronberg nur noch vom Jeremia-Kunz-Haus, schließlich hat er es maßgeblich finanziert.

Walter Füller ist auch verstorben. An ihn mag man sich nicht so gerne erinnern. Der Grund hierfür ist, dass vor kurzem ein Geschäftsmann in Kronberg die Einrichtung eines Etablissements des einschlägigen Gewerbes beantragt hat mit der Begründung, er wolle an die Geschäftsidee der Fundisten und an die Erfolge von Walter Füller anknüpfen.

Franz Zwergles Leben ist in diesem Buch ausführlich beschrieben. Seine Taten sind mittlerweile allen bekannt. Viele Mitglieder der Kronberger Fundisten sind bis heute der festen Überzeugung, dass Franz Zwergle ganz alleine und völlig unbemerkt schlimme Dinge getan hat.

Ella Frings lebt noch in Kronberg. Sie ist für fast niemanden zu sprechen. Dringt doch einmal einer ihrer früheren Zöglinge zu ihr durch, hat sie schon zwei fertige Antworten bereit: „Ich habe mir nichts vorzuwerfen" und „Damit kommst Du nicht durch." Ansonsten geht sie jeden Sonntag in die Kirche und gedenkt dankbar ihrer verstorbenen Gönner.

Karl Gleichauf ist zu bedauern: er ist fast nur noch mit den alten Geschichten befasst und berichtet bei jeder sich bietenden Gelegenheit, dass ihm leider niemand aus seiner Gemeinde die notwendigen Informationen geben will.

Götz Martin Haarle ist hin- und hergerissen zwischen Tränen, Verzweiflung und vermeintlicher Unwissenheit. Sein großes Bestreben ist es, möglichst nur über Dinge zu reden, die länger als dreißig Jahre zurückliegen.

Samuel Miesfeld hat immer noch wenig Anteilnahme für die Opfer des Geschehenen und klammert sich an freudige Nachrichten auf Hochglanzpapier. Denjenigen, die für die Aufklärung der Verbrechen plädieren, unterstellt er finstere und eigennützige Motive.

Josef Sturm hat sich aus dem Kriegsrat zurückgezogen. Er hat mittlerweile die Dimension des Geschehenen erkannt und möchte nicht länger den Kopf hinhalten für Dinge, die lange vor seiner Zeit geschehen sind.

Frieder Gassner und **Werner Recht** haben entschieden, schweigend ihren Ruhestand zu genießen.

Kronberg ist gespalten seit Bekanntwerden der Vorfälle im Kinderheim.

Eine kleine Gruppe von Bürgern unterstützt die früheren Heimbewohner dabei, sich zu treffen und ein Netzwerk aufzubauen. Diese Bürger machen sich nicht beliebt damit.

Eine zweite Gruppe hält die gesamte Diskussion für völlig übertrieben und vertritt den Standpunkt, die Art und Weise, wie man die Kinder im Heim behandelt habe, sei völlig normal und eben der Zeit entsprechend gewesen. Die Erkennungsmelodie dieser Gruppe lautet: „Auch ich habe als Kind mal einen Klaps bekommen und es hat mir nicht geschadet. Wieso kommen die (gemeint sind die Missbrauchsopfer) erst jetzt? Die wollen doch nur Geld!"

Eine dritte Gruppe ist zwar entsetzt, aber der Meinung, alleine das Anhören solcher Schauergeschichten würde sie überfordern und sie wollten gar nichts wissen davon. „Für solche Sachen gibt es doch Spezialisten, die gelernt haben, das auszuhalten", so lautet eine ihrer Antworten.

Eine vierte Gruppe hat sich für die Neutralität entschieden. Zu dieser Gruppe gehören viele Institutionen in Kronberg, auch die anderen Kirchengemeinden gleich welcher Konfession. „So lange diese Sachen nicht juristisch einwandfrei geklärt sind, können wir unser gutes Verhältnis zu den Fundisten nicht auf' Spiel setzen." So lautet das geniale Statement, abgegeben mit dem Wissen, dass natürlich niemals mehr etwas juristisch geklärt werden kann oder wird, denn:

Die Fundisten haben vorsorglich gegenüber allen, die überhaupt mit dem Gedanken spielen, auf juristischem Wege eine Entschädigung einzufordern, die so genannte „Einrede der Verjährung" erhoben. Darunter fallen nach den Gesetzen dieses Landes fast alle schlimmen Verbrechen, die es in Kronberg gegeben hat. Es bleibt nur die berechtigte Befürchtung, nach dem Verlust ihres guten Rufs möglicherweise auch die Berechtigung zu verlieren, weiterhin ein Kinderheim zu führen.

Und Gott? **Gott schaut weg**, zumindest der Gott, den die Fundisten anbeten.

Wie gut also, dass es all' diese Personen und auch diesen Ort nicht wirklich gibt.

So zahlreich nun
die Arten der Vergewaltigung sind,
so erweckt doch jede von ihnen Zorn.

Aristoteles

Personenverzeichnis

Personen aus der Vergangenheit

Walter Spitzer leitet das Kronberger Kinderheim. Er hat stets einen Rohrstock in der Hand und interessiert sich mehr für Pferde als für Kinder.

Walter Füller ist sein Stellvertreter. Er ist eigentlich Bäcker und dennoch zum Pädagogen ernannt. Neben seiner anstrengenden Tätigkeit im Kinderheim hat er noch Zeit, andere Geschäftsideen zu verwirklichen.

Franz Zwergle ist Hausmeister im Kinderheim. Viele Menschen in Kronberg sind der Meinung, dass sich diese Geschichte fast mehr um ihn dreht als um Dieter Z.

Jeremia Kunz ist ein wohlhabender Privatier, der gerne und oft das Kinderheim besucht und auch sonst seiner Gemeinde viel Gutes tut.

Herr Hartmann arbeitet in der heimeigenen Landwirtschaft und hat allen Grund, sich über Herrn Spitzer zu ärgern, denn

Frau Hartmann liebt nicht nur ihren Mann, sondern manchmal auch den Heimleiter.

Erhard Hausmann ist Kirchenmusiker bei den Fundisten. Er hat bei Dieter Z. den Grundstein für die lebenslange Liebe zur Musik gelegt.

Franz Grauzwerg ist Pfarrer der Fundisten. Am liebsten predigt er vom Krieg, der ihn traumatisiert hat. Die Konfirmanden aus dem Kinderheim hält er fern von den anderen aus der Stadt.

Frau Schneller ist Dieters Lehrerin.

Olaf Eimerle ist Zivildienstleistender im Kinderheim.

Personen aus der Gegenwart

Karl Gleichauf ist der Vorsteher der Kronberger Fundistengemeinde und hat sich seine erst kurze Amtszeit ganz anders vorgestellt.

Josef Sturm ist der Pfarrer der Kronberger Fundistengemeinde und leidet sehr unter den Geschichten aus dem Kinderheim.

Samuel Miesfeld verantwortet die Öffentlichkeitsarbeit der Fundisten. Er ist zornig auf die Menschen, die diese Geschehnisse wieder „ausgegraben" haben, obwohl doch endlich Gras darüber gewachsen schien.

Personen aus Vergangenheit und Gegenwart

Götz Martin Haarle arbeitet in der Verwaltung der Fundistengemeinde und ist auch für das Kinderheim verantwortlich.

Werner Recht hatte im Kinderheim viele Ämter inne, Erzieher, Heimleiter, Lehrer und Schulleiter

Frieder Gassner war jahrzehntelang der Vorgänger von Karl Gleichauf und wüsste viel zu erzählen.

Dieter Z. ist fast fünfzehn Jahre lang Insasse des Kronberger Kinderheims gewesen. Heute ist er nach Kronberg zurückgekehrt, um mit vielen anderen zusammen Licht ins Dunkel der Vergangenheit zu bringen.

Ella Frings ist damals seine Erzieherin gewesen. Blaumeisen hieß die Kindergruppe von Ella Frings. An die Vergangenheit mag sie sich nicht erinnern.

Der Erlös dieses Buches soll

den Opfern der Kinderheime in Korntal

bei Stuttgart zu Gute kommen soll.

Aktuelle Spendenkonten finden Sie unter

www.heimopfer-korntal.de

www.opferhilfe-korntal.de

In der Reihe „Kronberger Geschichten"
ist im gleichen Verlag erschienen:

Manfred Marder
Der Klavierspieler